TE ESPERO CUANDO LLEGUE LA LUNA LLENA

ARWEN GREY

Editado por Harlequin Ibérica.
Una división de HarperCollins Ibérica, S. A.
Avenida de Burgos, 8B - Planta 18
28036 Madrid

© 2025 Macarena Sánchez Ferro
© 2025 Harlequin Ibérica, una división de HarperCollins Ibérica, S. A.
Te espero cuando llegue la luna llena, n.º 326 - 12.11.25

ISBN: 979-13-7000-956-4
Depósito legal: M-20295-2025
Impreso en España por: BLACK PRINT
Fecha impresión Argentina: 11.5.26
Distribuidor exclusivo para España: LOGISTA
Distribuidor para México: Distibuidora Intermex, S.A. de C.V.
Distribuidores para Argentina: Interior, DGP, S.A. Alvarado 2118.
Cap. Fed./Buenos Aires y Gran Buenos Aires, VACCARO HNOS.

MIXTO
Papel procedente de
fuentes responsables
FSC® C159065
www.fsc.org

Capítulo 1

La tía Hortensia había muerto y ahora la casa del valle era suya.

Aquello no fue una sorpresa para nadie en la familia Rodríguez Florido, e incluso podría decirse que fue un alivio, porque nadie quería hacerse cargo de una casa vieja y fea en el culo del mundo. Lo más probable era que necesitara arreglos o que fuera necesario demolerla por completo, y el solo hecho de pensar en ello hacía que los miembros de la familia con cerebros prácticos, que eran la mayoría, empezaran a resoplar y a sudar.

Solo su hermano puso mala cara al enterarse, pero fue durante apenas unos segundos. Casi podría decir que se lo había imaginado, porque luego parecía tan aliviado de verse libre de esa responsabilidad como los demás.

Para alivio de abogados, notarios y demás fauna legal, no hubo pleitos entre hermanos, primos y demás familiares. Hubo un suspiro colectivo cuando se hizo el reparto y se nombró a Rosa Rodríguez Florido como heredera única de la casa del valle, propiedad libre de cargas, con terrenos y habitantes —por lo visto, la tía Hortensia tenía un gallinero y un gato que ahora serían de su propiedad— incluidos.

La nueva heredera de la casa no tenía un cerebro práctico, y lo que sintió al recibir la doble noticia de la muerte de su tía y de que era la heredera de su casa fue pena. Mientras escuchaba al notario y firmaba la documentación, lamentaba la pérdida y se sentía triste, aunque también un poco extraña.

No es que fuera la única en lamentar la pérdida de uno de sus familiares más peculiares, pero quizás era de las pocas que había disfrutado de las estancias veraniegas en ese lugar lejano de la ciudad, no solo en kilómetros, sino en lo que su madre había calificado como moralidad vigente.

Cuando eran niños, ella y su hermano habían disfrutado de unos veranos casi salvajes en la propiedad de su tía Hortensia, recogiendo moras, nadando en un riachuelo en el que flotaban criaturas extrañas y aterradoras, llenas de patas largas y alas, huyendo de las abejas y del gato de Hortensia, que los juzgaba con sus ojos amarillos rasgados. La casa del valle, como la llamaban todos en la familia, era un paraíso lejos de la ciudad, que parecía mucho más lejos de los solo doscientos kilómetros que los separaban. Allí no había peleas de sus padres, asuntos de dinero ni notas del colegio. Era posible que su tía, en realidad tía abuela, fuera vieja, estrafalaria y se negara a cocinar nada que tuviera ojos, pero les dejaba quedarse levantados hasta tarde y, a veces, hasta dormían en el exterior, de cara a las estrellas, tapados con mantas tejidas con retazos de lana de mil colores por ella misma.

Juan, su hermano, nunca había sido demasiado aficionado al campo, a su tía ni a nada de todo aquello. Había celebrado el día en que sus padres decidieron que ese verano viajarían a Alicante, a una playa ardiente y llena de cuerpos sudorosos con olor a aceite de coco.

A Rosa no le habían servido de nada los pataleos ni las lágrimas. Tuvo que asumir, por primera vez en su vida, que tres contra uno eran una mayoría aplastante y que le tocaría aguantarse. Y así tendría que ser durante años y años.

Y años y años.

Mientras escuchaba la lectura del testamento, Rosa pensó en esos veranos en Alicante, en cómo había terminado disfrutando y cómo había llegado a olvidar a la tía Hortensia durante la adolescencia, al punto de que hacía mucho tiempo que no había vuelto a pensar en la casa del valle.

Un fogonazo de la vieja casa le llenó el cerebro: el olor a moras espachurradas en los bolsillos, las rodillas y el trasero manchados de hierba, Juanito y ella con los pies metidos en el riachuelo y aquel dichoso gato tumbado en una roca, fingiendo que dormía, aunque ella sabía que los vigilaba.

—La tía Hortensia siempre te quiso más a ti que a mí.

La voz de Juan estaba teñida de un más que evidente tono de cachondeo, así que Rosa le sacó la lengua. Era posible que los dos estuvieran ya a punto de cumplir los cuarenta, pero en el fondo seguían siendo los mismos críos de siempre. Y ella adoraba que así fuera.

—¡Oh, sí, no veas! Menudo regalito.

Hacía unos minutos que habían salido de la notaría y se encontraban en una cafetería cercana. Sus padres se habían ido a casa, pero ellos habían decidido quedarse a comer juntos. Se veían poco y

Rosa tenía la sensación de que solo lo hacían cuando había papeles o trámites de por medio.

Y había habido un montón de eso últimamente.

Todavía no era la hora de comer, pero la gente empezaba a ocupar las mesas para tomar algo y algunos ojeaban las cartas con interés. Rosa sacudió la cuchara y la lamió. El café estaba amargo, pero intentaba acostumbrarse a tomarlo sin azúcar. Lo odiaba tanto que era posible que empezara a odiar el café también y se pasara a cualquier otra bebida. Sin embargo, su madre había insistido en que le vendría bien dejar el azúcar y los dulces, y uno jamás le decía que no a Flora Florido.

—No creas. Podemos hacer una valoración de los terrenos y ponerla a la venta. La tía tuvo un gran detalle al dejártela sin cargas, así que solo tendrías beneficios.

Rosa arrugó los labios al tomar un nuevo sorbo de café, aunque lo que sintió en el estómago no se debió solo al sabor de la infusión.

Sabía que Juan, que había empezado a hacer cálculos en una servilleta y hablaba de porcentajes e impuestos, lo decía por su bien y que probablemente sabía de lo que hablaba, pero, de solo pensar en vender la casa del valle, notaba que el corazón se le aceleraba y que le faltaba el aire.

—No puedo.

Se dio cuenta de que había hablado demasiado alto cuando las dos chicas de la mesa de al lado la miraron y empezaron a cuchichear entre sí. La camarera también la miró.

Enrojeció y notó que Juan la miraba con aquella mirada tan de Juan.

Desde niño, su hermano siempre había sido serio y responsable, y, sí, demasiado adulto, para placer de su madre, que sentía que lo había encarrilado a su gusto y placer desde casi la cuna.

No como a ella.

Por eso Juan había sido siempre su favorito y Rosa era la eterna mujer que todavía buscaba su sitio, aunque había estudiado una carrera —una carrera de artes, que para ella no era una carrera de verdad, pero una carrera al fin— y hasta hacía poco tenía un trabajo estable. Ahora las cosas habían cambiado, pero ese era otro tema.

Quizás por eso, pensó, la tía Hortensia la había escogido a ella. Por eso y porque había adorado su casa y los veranos allí cuando era niña, aunque no recordaba habérselo dicho jamás.

—El dinero te vendría muy bien ahora.

—Eso ya me lo has dicho, Juanito.

Juan odiaba que lo llamaran así, pero ella también odiaba que le repitieran las cosas y la trataran como si fuera idiota. Sabía que no estaba en su mejor momento y que necesitaba el dinero, pero no estaba desesperada... todavía.

—Iré a ver la casa. Y después decidiré qué hago.

Pudo ver en la expresión de su hermano que no le gustaba la idea. Esa era otra de las ventajas de Juan, que no había que jugar a las adivinanzas con él.

—No me parece buena idea. No sabes en qué estado estará. Puede ser una ruina.

Rosa rio.

—Claro, y puede caerse el tejado y puedo morir enterrada en los escombros.

Juanito se rio a su pesar. De niños habían pasado horas jugando a aquello. Lo de inventar suposiciones, a cada cual más descabellada, era divertidísimo, pero ella era un genio y tenía una imaginación increíble para inventar desgracias y él jamás podría superarla en aquello.

—Tú ganas. Pero dime que tendrás cuidado.

Rosa se encogió de hombros.

—¿Qué podría pasar? Solo es una casa. Además, me vendrá bien el cambio de aires. Serán como unas vacaciones.

Juan fingió un estremecimiento.

—Odio el campo.

—Y odias ese sitio en particular, lo sé.

Él rio y no insistió.

Rosa tomó la carta del restaurante y pensó que hacía tiempo que no tenía tanto apetito.

Capítulo 2

Rosa empacó lo que creyó necesario para una semana. Una maleta pequeña, tampoco tenía otra, con ropa vieja y para todo trote, porque se imaginaba que en la casa de la tía Hortensia…, no, en su casa, ahora era *su* casa, de nada le serviría la ropa más formal, ni los trajes de chaqueta ni ese precioso vestido que guardaba como oro en paño y que solo se había puesto en las escasas ocasiones en que Samuel la había llevado a cenar a algún restaurante elegante.

También llenó una mochila con cosméticos y un botiquín que encontró en un armario y que confiaba que estuviera en buen estado, porque ni siquiera lo había abierto desde que lo había comprado.

Hizo una buena compra y trató de recordar si había una tienda o algún supermercado a una distancia asequible cerca de la casa del valle. Cuando era niña e iban allí de vacaciones, jamás se había preocupado de cómo llegaban los alimentos a su mesa y no recordaba haber salido a comprar con sus padres o su tía.

Podría llamar a su madre para preguntárselo, incluso a Juanito, pero no quería soportar una hora de consejos y recomendaciones de mantenerse en contacto, como si en vez de estar a dos horas en coche, en un pueblo, se fuera a ir a un país en guerra. Y tampoco quería volver a escuchar que la mejor solución era vender la casa. Juan ya le había enviado un documento al correo electrónico con las tasaciones de las propiedades de la zona y estaba convencida de que, de darle pie, empezaría a mover el papeleo en ese mismo instante. No comprendía a qué venía tanto interés en que vendiera ni en su economía, si ya le había dicho que ella estaba encantada con su herencia.

En cuanto a su madre... Prefirió olvidarla hasta que no tuviera otro remedio que pensar en ella.

Cogió las llaves de casa y se dirigió a la puerta. Ante la duda, había sido una buena idea hacer una compra de productos imperecederos, aunque fuera por si acaso.

Cuando se metió en la cama esa noche, agotada, repasó en su cabeza todo lo que tenía que hacer al día siguiente.

Ya había buscado el trayecto hacia la casa del valle en el navegador del coche y esperaba no perderse, porque apenas recordaba nada de sus viajes en la infancia. Había cargado la compra y el equipaje y había avisado a sus amigos y familiares de que permanecería fuera de casa durante una semana al menos. Su vecina le regaría las pocas plantas que tenía y estaría pendiente de si se iba la luz u ocurría alguna desgracia.

Y seguro que eso era todo...

Arropada hasta la barbilla, frunció el ceño, como si se le olvidara algo importante.

Trató de hacer memoria, pero, fuera lo que fuera, se le escapaba.

Al final se rindió y se quedó dormida.

En su sueño sintió que alguien la miraba.

Aunque sabía que soñaba, la sensación era tan real que dio un botecito en la cama. La Rosa durmiente miró a su alrededor, en busca de quien fuera que la vigilaba.

Se encontraba en el riachuelo donde ella y su hermano se habían bañado tantas veces, solo que ella ya no era una cría y no había rastro de Juanito. El verde de la hierba y los árboles que la rodeaban era tan verde que resultaba doloroso, de un verde que no podía ser real, tan verde como solo puede serlo en los sueños.

Pero, si Juan no estaba allí, ¿quién diablos la miraba?

Entonces, lo vio.

En la roca, fingiendo que dormía, con los ojos entrecerrados, convertidos en apenas dos rendijas amarillentas, estaba ese dichoso gato.

¿Cómo se llamaba?

Acompañaba a su tía a todas partes, como una maldita sombra. Jamás se dejaba acariciar, aunque aceptaba como un favor cualquier delicia que quisieran darle.

Era enorme, negro, con una sola mancha en forma de estrella en la garganta. Tenía una oreja ligeramente desgarrada, quizás fruto de una pelea con otro macho, aunque eso solo hacía que su perfecta elegancia al moverse fuera todavía más acentuada.

De pronto, el gato dejó de fingir que no la vigilaba. Alzó la cabeza y abrió los ojos.

Rosa no sabía si los gatos eran capaces de sonreír, pero juraría que ese bicho lo estaba haciendo en ese momento. Y su sonrisa no tenía nada de agradable.

Sintió que no podía dejarse intimidar. Aquella era su casa, y aquella tierra era suya. Él era su propiedad también, según las escrituras que había firmado.

Además, ¿cuántos años vivían los gatos? Si ya era adulto cuando ella era niña, ese gato tendría que estar muerto hacía años. Un gato muerto no iba a amedrentarla.

Más tranquila, estuvo a punto de dar un paso en su dirección.

Entonces, el animal rio.

De no estar soñando, Rosa habría pensado que estaba loca, porque los gatos no podían reírse. Una cosa era pensar que lo hacían y otra que lo hicieran de verdad. Pero el maldito gato había echado la cabeza hacia atrás y reía con una voz grave y masculina de lo más irritante. Y lo peor era que su risa resultaba agradable y encantadora, grave y sexi. Y ella sintió deseos de reírse también con él.

Rosa despertó más indignada que asustada.

Durante unos instantes no supo dónde se encontraba.

¿Dónde estaban el riachuelo, la hierba, el maldito gato impertinente?

Se incorporó en la cama, consciente poco a poco de que estaba en su dormitorio, en su apartamento. Le costó un buen rato recuperar el ritmo de su corazón y comprender que aquello había sido un sueño. Jamás había tenido uno tan real.

Miró el reloj y vio que eran las 3:13 de la mañana, por lo que todavía era noche cerrada.

—Una mala hora para no volver a dormirse.

Y, mientras se decía aquello, Rosa cerró los ojos y no volvió a abrirlos hasta pasadas las nueve de la mañana, hora en la que ya debería estar en camino.

Capítulo 3

Al final dio igual la hora de salida, porque, de todas formas, no tenía prisa. Eso era lo bueno de que, por un lado, nadie la esperase, y de que, por otro, no tuviera trabajo ni nadie a su cargo.

Era libre de hacer lo que quisiera y cuando quisiera.

Se había divorciado hacía seis meses, su exmarido se había quedado con el negocio que habían montado juntos, alegando que él había puesto el esfuerzo, las ideas y todo el trabajo importante, y nadie, ni siquiera ella misma, había juntado las fuerzas necesarias para luchar por ello. Y tenía algo de razón, aunque no era cierto del todo. Samuel había puesto algo de esfuerzo, alguna idea y, sobre todo, la cara en su negocio, pero ella había puesto el dinero y todo lo demás. Pero ya había dejado de importarle, o eso se decía a sí misma, tratando de convencerse para que doliera menos.

De todas formas, ¿acaso quería volver a la tienda de artesanía cada día y ver a Samuel camelarse a los clientes, sonreírles a las mujeres, con aquellos ojos azules que la habían seducido un día a ella y ahora solo la miraban con pereza y desdén?

Sin duda, era mejor descansar, como le había aconsejado su médico de cabecera. También le había dicho lo mismo ese terapeuta que le había recomendado su prima Laura, que se había limitado a recetarle unas vitaminas y le había dicho que se aireara, que viera a las amigas y que disfrutara.

—Ya me entiendes, chica. Disfruta mucho. Todo lo que puedas.

Rosa había parpadeado un par de veces antes de comprender que le estaba recomendando que follara, que se follara a cualquiera, o poco menos.

Solo que no era tan sencillo. Y no solo porque lo de sacar un clavo con otro clavo le pareciera un error, sino porque, con los años, Rosa había perdido la costumbre de salir, de airearse, de ver a las amigas y, en especial, de disfrutar.

Hasta que no habló con el psicólogo no se dio cuenta de que su matrimonio con Samuel llevaba siendo un erial desde hacía al menos cinco años. Aunque, por lo que había averiguado después, lo que no tenía con ella lo practicaba con otras.

En la consulta había llorado al darse cuenta de que se sentía liberada al saber que no estaba enamorada de su marido. Y también al pensar en que echaría más de menos su negocio que a él.

Mientras acumulaba una pequeña montaña de pañuelos de papel en la mesa, el psicólogo la miraba por encima de la montura de las gafas con aire comprensivo.

—Tu marido te ha hecho un favor y es una suerte que haya sido a una edad tan temprana.

—Pero es tan guapo...

El psicólogo puso los ojos en blanco y levantó las manos en el aire.

—La belleza es nuestro don y nuestra maldición.

Rosa miró al doctor, que le sonrió con desparpajo y le guiñó un ojo. Era calvo, superaba de largo los cincuenta y tenía un lunar de aspecto siniestro en la mejilla derecha.

Se levantó de golpe y recogió sus cosas. Se despidió a toda prisa y salió a la misma velocidad que si el edificio estuviera ardiendo. Luego se dijo que estaba exagerando, que probablemente el doctor solo había hecho una broma. Cuando Laura le preguntó qué tal le había ido, se limitó a decirle que, aunque los consejos le habían resultado muy útiles, le había parecido demasiado estrafalario.

Pensó en todo aquello al pasar por la tienda de artesanía camino a la salida de la ciudad.

Vio a Samuel a través del cristal del escaparate, tan guapo como siempre, con un pantalón de pinzas de color claro y una camisa blanca. Se preguntó quién se lo habría planchado, porque no le había visto coger una plancha en la vida.

Apretó los labios al darse cuenta de que estaba pensando en él otra vez.

¿Qué más le daba quién le planchaba la ropa a su guapo exmarido? Él ya no era su responsabilidad.

Se obligó a mirar al frente y aflojar las manos sobre el volante.

Ahora tenía una casa, una propiedad entera, de hecho. Samuel, que siempre decía que era incapaz de ocuparse ni de una maceta, alucinaría si se enterase de que era la dueña de un terreno, una casa... ¡y todos sus habitantes!

—Chúpate esa, pichabrava.

Ante ella, el semáforo cambió de color y pudo avanzar. Y, al hacerlo, sintió que algo se aflojaba en su interior. Se le escapó una sonrisa y alargó la mano para poner la radio. Sentía deseos de cantar.

Ahora estaba convencida de que aquel viaje era una buena idea.

El aire del campo le iba a sentar bien después de años, ¡siglos!, de encierro.

La última vez que había visitado a su tía en la casa del valle tenía diecisiete años. Después de eso la había visto una decena de veces, pero nunca había sido en el campo, sino en funerales o celebraciones familiares.

La tía Hortensia no había ido a su boda. Ni siquiera recordaba haberla invitado. De solo imaginarse a su tía, con su largo cabello canoso, su ropa colorida, tejida a mano en algodón o lana teñida con tonos naturales, rodeada de los familiares pijos de Samuel, se le agriaba el gesto. Sin embargo, había sido Rosa la que no se había acordado de invitarla y ahora lo lamentaba.

La última vez que la había visto había sido hacía un par de años, en el funeral de su hermana, Margarita, la abuela de Rosa.

La abuela Margarita vivía en la ciudad, y era la madre de Flora, la madre de Rosa. Por lo visto, no habían tenido un trato demasiado cercano, aunque no tenía ni idea del motivo.

Juanito había ido a buscar a su tía a la casa del valle y la había acompañado hasta el banco de la iglesia donde se sentaban el resto de los miembros de la familia. Se había sentado tras saludar con la cabeza, solemne. Incluso entonces había ido vestida de colores. Nada de negro para ella, algo que había hecho que Flora arrugase los labios con desagrado, como si constituyese un insulto para su madre.

Durante el funeral, la tía Hortensia no se había levantado ni había rezado, al menos no moviendo los labios como los demás. Quizás era del tipo que reza hacia sus adentros. Sin embargo, sí parecía conmovida, mirando hacia la caja donde reposaban los restos de la que había sido su hermana, como si no pudiera creer que estuviera allí mientras ella estaba sentada a pocos metros, todavía con vida. Fuera lo que fuera lo que había separado a las hermanas en vida, ahora le dolía.

Le habría gustado poder hablar con ella, pero, por algún motivo que no llegó a conocer, aunque sospechó que tenía que ver con el ceño fruncido de su madre, Juanito se la llevó con la misma discreción con la que la había traído. Que ella supiera, Hortensia no había llegado a hablar con nadie y se había ido como había llegado, por la puerta de atrás, como una desconocida.

Si habló con él de algo en los dos largos trayectos en coche a la ciudad y de vuelta a casa, Juan no soltó prenda. Era tan leal a Flora como un caballero medieval.

Para su sorpresa, encontró la casa con facilidad. A pesar de la falta de indicaciones, hubo un momento en que todo empezó a ser familiar. Primero fue un viejo edificio con pinta de molino. Luego un grupo de árboles.

Y entonces vio el riachuelo.

Detuvo el coche, sin aliento. Por suerte, circulaba sola por la carretera y pudo hacerlo sin problema.

Apenas había cambiado y no habían construido nada alrededor.

Se le humedecieron los ojos sin remedio al contemplar la belleza del entorno a la luz del sol.

Los pájaros cantaban, el agua gorgoteaba y todo parecía casi de mentira. Entonces alzó la mirada, y allí estaba la casa. Era fea, vieja, con una fachada de piedra irregular y manchada, el tejado lleno de hierbajos y sin duda necesitaría muchos arreglos para que su familia la considerase siquiera decente, pero era suya y a ella le encantaba.

Y, durante unos instantes, lloró de felicidad.

Capítulo 4

Sorprendida todavía por su reacción al llegar, Rosa aparcó junto a la casa, donde había un viejo coche lleno de desconchones. Estaba cubierto por una capa de polvo y barro y tenía pinta de no haberse movido en siglos de allí.

A unos metros había una especie de cobertizo o almacén construido en madera con mucho mejor aspecto. Al lado del coche, parecía nuevo, y fuera quien fuera el que lo había construido, sabía lo que hacía. Era lo bastante grande como para ser utilizado como garaje, pero la puerta era de tamaño normal. Se preguntó para qué lo utilizaba su tía.

Aunque eso tendría que esperar. Tomó las bolsas de comida y las amontonó en la puerta de la casa. En un segundo viaje, se hizo con el equipaje y lo colocó al lado de las vituallas. Luego, tras unos instantes de duda, cerró el coche. Era posible que aquello estuviera en el culo del mundo y que no recordase ninguna visita, pero no podía borrar de golpe casi cuarenta años de crianza en la ciudad.

Solo al regresar a la entrada de la casa, pensó que nadie le había dado las llaves.

Era cierto que aquella era su casa, pero no sabía si podría entrar.

Adelantó la mano, con cierta reconvención y con un ligero temblor, tuvo que reconocerlo, y tocó la madera caliente por el sol. Casi esperó un chispazo, un asalto de recuerdos..., lo que fuera, pero solo sintió la aspereza de la madera pintada de verde, nada más.

Giró el pomo redondo, pero, como era esperable, no se movió.

—Genial —murmuró, apoyando la frente contra la puerta.

Maldijo para sí durante unos instantes, pensando en todas las veces que le habían dicho el desastre que era. Tanto Samuel como su madre disfrutaban al decírselo, con aquellas sonrisas gemelas. Y, por supuesto, se adoraban. De hecho, su madre seguía pensando, un año después de su separación y seis meses después del divorcio, después de que él se quedara con el negocio que Rosa había planeado al detalle, que ella le suplicaría regresar y él la perdonaría... Porque estaba claro que la culpa de que la hubiera dejado era de Rosa.

Gruñó para sí y trató de espantar al fantasma de Samuel y también al de Flora.

Había viajado hasta allí para olvidarse de su vida durante una semana. E iba a comenzar desde ese mismo instante.

Sacudió las manos y miró hacia arriba. El tejado de la casa era increíblemente bajo, aunque había dos pisos. No recordaba que lloviera tanto para que tuviera esa forma, aunque, claro, hacía muchos años que no viajaba hasta allí. La verdad es que esa casa era muy muy rara. Comenzó a rodearla, buscando una entrada, una alcayata con una llave colgada, una pista...

Por supuesto, no iba a ser tan sencillo como eso, pero entonces vio al gato.

Estaba sentado sobre los cuartos traseros en una baldosa junto a la puerta de atrás. Tenía la cola larga y negra recogida sobre las patas y la miraba como si la hubiera estado esperando todo el día. Maulló al verla girar la esquina, aunque Rosa no supo si era una bienvenida o una protesta por haber perturbado su descanso.

Miró al animal desde una distancia prudencial. Ni se le pasó por la cabeza acercarse para acariciarlo.

Desde luego, era un bicho enorme. Y se parecía de un modo increíble al gato que había conocido cuando era niña. Lo de la genética era alucinante.

—¿Tienes tú la llave?

Juraría que el gato se reía de ella. Y eso le recordó al sueño de la noche anterior. Solo que en el sueño el gato se reía con una voz masculina de lo más desconcertante y, evidentemente, el gato de la vida real solo era un gato.

Estaba a punto de desesperarse al ver que el felino no se movía cuando, al fin, con un movimiento elegante y fluido, empujó con la cabeza un panel en la puerta y entró en la casa.

Rosa no lo habría visto si el bicho no se lo hubiera mostrado. Era lo más parecido a una puerta secreta que había visto jamás. La puerta gatera estaba tan disimulada que nadie que no la conociera la encontraría.

Rosa se acercó corriendo y la levantó. Era estrecha, pero lo bastante amplia como para que entrara una persona de su tamaño. Era posible que su tía lo tuviera todo pensado.

Se puso a cuatro patas y se arrastró como pudo, deseando no estar en tan baja forma. También daba gracias por que nadie salvo ese maldito gato pudiera verla haciendo el ridículo. Después de entrar en la casa, se sentó en el fresco suelo de baldosas y respiró hondo para recuperar el aliento. A pocos metros, el gato negro con una mancha blanca en forma de estrella en el cuello la observaba con condescendencia, plantado en una silla tapizada, como el señor de la casa.

—Gracias.

Como toda respuesta, el gato levantó una pata trasera y empezó a lamerse las pelotas.

Rosa se sintió insultada, aunque no le estuvo menos agradecida por ello. Cuando hubo recuperado el aliento, se levantó y avanzó por la casa, que olía un poco a desinfectante y a hierbas.

Su tía había muerto hacía menos de un mes, pero había señales de su presencia por todas partes. Esa casa era tan suya como cuando estaba viva.

A pesar de que las contraventanas estaban cerradas, entraba la suficiente luz como para iluminar las estancias que atravesaba.

Fogonazos de su infancia la devolvían a sus recuerdos de Juanito y ella en el salón, en la cocina o en el descansillo, tirados en el suelo, hojeando libros, arrancando pétalos a flores y pasando escarabajos de un bote a otro, escapándose de su madre y escuchando las historias de su tía acerca de las mujeres de la familia y los animales del bosque.

Logró recordar el camino hasta la puerta principal y abrió para recuperar la comida y el equipaje.

Al hacerlo, vio allí, en la cómoda que había junto a la puerta, en un plato de cerámica, las llaves y un sobre.

Y en el sobre, escrito con letra hermosa y casi gótica, su nombre, Rosa.

Escuchó un maullido tras ella y supo que el gato la había seguido. Agradeció su presencia, porque en esos instantes no le apetecía estar a solas.

Llevó sus pertenencias a la cocina, la que había sido la estancia favorita de su tía Hortensia, y se sentó en una silla que todavía conservaba su forma.

La carta que le había dejado descansaba en la mesa ante ella. Cuando por fin tuvo fuerzas para abrirla, había transcurrido al menos media hora, pero Rosa no fue consciente de ello.

Querida Rosa:

Te dejo esta carta para darte la bienvenida a la que espero sea tu casa durante toda tu vida, como fue la mía cuando necesité un refugio, y también la de muchas mujeres de nuestra familia antes.

Quizás ahora no lo comprendas, pero lo harás.

Al principio, lo sé bien, no entenderás nada, pero ten paciencia.

Aunque sientas la tentación de abandonar, sé paciente, porque al final todo ocupa su lugar, y tú también llegarás al tuyo.

Si tienes dudas, pregunta a don Diego. A veces puede ser un poco odioso, pero acabarás por cogerle cariño y él te lo cogerá a ti. Además, él lidia con su propia maldición y también necesita amor. Sé comprensiva con él.

Siempre fuiste una niña encantadora y sé que sentías algo muy especial por este lugar, algo que no sentía tu madre. Pero hay cosas que no se pueden forzar, aunque estén en la sangre. Por eso ahora eres la dueña de esta casa y de este lugar. Y este lugar te necesita. Cuídalo.

Es una pena no haber podido vivir más para enseñarte en persona todo lo que sé, pero a veces es mejor aprenderlo por una misma, aunque cueste y duela más.

Quién sabe, quizás nos veamos una noche de estas. Me gustará mucho hablar contigo...

Sé que serás feliz aquí.

Un beso,
tu tía Hortensia

Rosa dejó la carta en la mesa con cuidado, sin saber muy bien lo que acababa de leer. De hecho, tuvo que volver a leerla para comprobar que no lo había soñado.

Hizo memoria para tratar de recordar si Juanito o su madre habían comentado si su tía padecía algún tipo de demencia o si había signos de locura en la familia. De acuerdo, su tía era la simpática anciana estrafalaria que vivía en el campo y criaba plantas, y juraría que creaba cremas y pociones, pero de ahí a lo que había escrito...

Lo malo era que se temía que todos pensaban que ella había heredado la casa porque consideraban que se parecían.

Lo cual quería decir que ella era la siguiente tía loca de la familia.

—Hay que joderse —murmuró para sí. Ante sus palabras, el gato maulló con desaprobación, o eso le pareció. Rosa le apuntó con el dedo. En algún momento, el animal se había subido a una silla junto a ella y la observaba con atención mientras leía—.

Seguro que os lo pasabais de vicio vosotros dos aquí solitos, pero yo no quiero saber nada de esto.

Dejó la carta sobre la mesa y se dedicó a guardar la comida en los armarios.

No iba a dedicarle a aquello ni un minuto más. Ni siquiera se lo iba a contar a su hermano, y mucho menos a su madre. Ya bastante se reían de ella.

Si les decía algo de esa carta y de que la tía Hortensia le había dejado un mensaje donde le decía que estaba poco menos que predestinada a quedarse en ese lugar, mandarían a la caballería a buscarla para devolverla a la ciudad.

No, lo mejor sería olvidarlo todo y dedicarse a descansar, como había sido su plan desde el principio.

Capítulo 5

Para cuando hubo organizado la cocina, era la hora de comer.

Se peleó un rato con la cocina de gas, que no había utilizado desde que era adolescente. Sin embargo, aquello debía de ser como lo de andar en bicicleta, porque pronto recordó cómo funcionaba.

Se sorprendió del buen estado general de los electrodomésticos, como de lo poco que había visto. No había sabido qué esperar, pero estaba claro que su tía no había muerto siendo la vieja chocha que todos imaginaban.

De hecho, ahora que lo pensaba, ni siquiera sabía de qué había muerto Hortensia.

La recorrió un escalofrío.

Nunca había sido del tipo supersticioso. Era absurdo pensar que los espíritus de las personas fallecidas quedan atrapados en los lugares en los que perecieron. Su tía había muerto en esa casa, por lo que ella sabía, pero ahora estaba en el cielo, en el más allá, en el éter o a saber dónde. Desde luego, no estaba a sus espaldas, mirando cómo daba la vuelta a la tortilla de patatas.

Por si acaso, solo por si acaso, porque ella no creía en nada de todo aquello, se persignó.

Aunque solo fuera por autosugestión, la sensación de angustia pasó y se sintió más tranquila.

—Si le cuentas esto a alguien, me haré una bufanda con tu pellejo —le dijo al gato, que se había posado en una silla y la observaba con atención y no se había movido en lo que parecían horas.

El animal emitió un sonido que no pareció un maullido ni un bufido, sino una risa socarrona.

Rosa se lo quedó mirando, pero el gato no repitió el sonido y se hizo una pelota para echarse a dormir.

Después de comer, se dedicó a explorar el resto de la casa.

Algunas de las habitaciones tenían pinta de llevar cerradas mucho tiempo, aunque estaban limpias y ordenadas, como si esperasen ser visitadas en cualquier momento.

En total había cinco dormitorios, algunos de ellos bastante más grandes que el que había compartido con Samuel, que siempre presumía del tamaño del suyo. Si su exmarido viera la casa, haría planes de lo más sabrosos. Sabrosos, una palabra que usaba tanto para una comida como para un negocio.

Y ahora, para su sorpresa, se sentía aliviada de que no conociera la existencia de ese lugar y no pudiera echarle la zarpa.

El dormitorio en el que habían dormido ella y su hermano permanecía casi igual, aunque ya no había juguetes a la vista. Las colchas de ganchillo en la cama eran las mismas, y todavía olía a lavanda.

El olor la asaltó igual que los recuerdos.

—La lavanda ayuda a dormir y limpia los sueños —había dicho la tía Hortensia—. Evita que entren los malos.

Cada noche les dejaba un ramito de lavanda bajo la almohada y les besaba la frente, algo que Flora jamás hacía ni tampoco su padre, que consideraba que darles cualquier capricho ya era bastante muestra de amor por su parte. ¿Acaso no tenían todo lo que querían y más?

—Creo que la tía Hortensia es una bruja —le susurró una noche Juanito después de que su tía se fuera, después de su ritual nocturno.

Rosa se había reído. Era imposible que su tía fuera una bruja. Las brujas eran feas, tenían la voz chillona, la piel verde y vestían de negro. Además, volaban en escobas, y su tía era guapa, sonreía todo el tiempo, vestía ropa de colores y tenía un aspirador.

—No seas bobo y duérmete. Las brujas no existen.

Pero no había logrado convencer a Juanito, que siempre había sido incapaz de relajarse entre las paredes de esa casa, igual que Flora.

Con los años, Rosa había comprendido que su tía era demasiado libre, demasiado relajada y demasiado poco convencional para ellos. Aunque ella no se consideraba nada del otro mundo, sabía por experiencia que, cuando no se seguían las expectativas de los demás, una se convertía en una extraña.

Si hoy en día era complicado en ocasiones salirse del camino trazado, no quería ni imaginarse lo que debía haber sido para Hortensia vivir como quería.

Cuando llegó al que había sido su dormitorio, Rosa sintió una especie de golpe físico. Todo estaba como si su tía fuera a volver en cualquier momento.

Sus vestidos hechos a mano estaban en el armario, todavía impregnados con su olor a flores y plantas, y uno de ellos estaba doblado en una silla junto a la máquina de coser, probablemente esperando un arreglo. En una mesita junto a una ventana había una canastilla llena de lanas teñidas de vivos colores. Una preciosa chaqueta a medio hacer en tonos verdes pareció llamarla mientras la voz de su tía le explicaba a su yo de diez años cómo tejer los puntos necesarios.

Hacía mucho tiempo que no tejía nada, pero pensó que quizás, con un poco de práctica, podría terminar aquella labor.

Comprendió por qué Hortensia había escogido aquel rincón para tejer cuando se sentó en su silla, que se acomodó a su peso como si aquel fuera su hogar. Tomó la labor y la asaltó el olor de la lana tejida con pigmentos naturales y, sí, también el de la lavanda.

—La lavanda aleja a los malos —murmuró para sí.

Un maullido le hizo levantar la vista.

El gato la había seguido. Quizás lo había hecho todo el tiempo sin que ella se diera cuenta. Se plantó de un salto en una silla que estaba colocada enfrente, con un cojín que tenía su forma.

De alguna manera, sintió que le estaba dando permiso, y fue muy agradable.

Tras unos pocos intentos, consiguió recordar los puntos que había utilizado su tía para la chaqueta. Por supuesto, los suyos eran torpes e irregulares, pero, al cabo de un rato, consiguió un ritmo regular y disfrutó de la labor.

Para cuando anocheció, había tejido un palmo y pensó que hacía mucho que no se sentía tan feliz y tranquila.

Solo después de cenar se dio cuenta de que no le había dado de comer en todo el día al gato. Buscó sus recipientes para el agua y el pienso, o lo que fuera que usaba para alimentarse, y al fin los encontró en un rincón junto a la despensa. Y allí, en un armarito, varios sacos de comida y latas variadas. Como si hubiera notado que iba a preparar su cena, el animal se frotó contra su pierna, algo que no había hecho hasta el momento.

—Vaya, gracias. Tendré que ponerte un nombre para poder dirigirme a ti.

Una vez más, pareció que él comprendiera sus palabras, porque se acercó a los cuencos limpios que había almacenados junto a los sacos y las latas. Todos ellos estaban rotulados con un nombre que hizo que Rosa sonriera: don Diego.

Al instante recordó la carta que su tía le había dejado. Según sus palabras, si tenía dudas sobre algo, debía preguntárselas a don Diego. Y ahora resultaba que el tal don Diego era el gato.

—Genial, tía. Ahora me quedará todo mucho más claro.

Mientras llenaba los cuencos con agua fresca y pienso y lavaba los que había usado antes, pensó una vez más que todo en esa casa parecía fresco, como recién utilizado.

Tras unos segundos, pensó que lo más probable era que una vecina o conocida se hubiera encargado de cuidar de don Diego y de la casa hasta su llegada.

Se preparó una infusión de entre las mezclas de hierbas de su tía, con una etiqueta que decía simplemente: *Para los buenos sueños*. Sin duda, lo necesitaba. Se la tomó mientras miraba cómo el gato comía, con calma y elegancia, aunque sabiéndose observado.

Cuando acabó, se dirigió hacia los dormitorios, aunque se detuvo unos segundos en el descansillo para mirarla y maulló.

Rosa comprendió que la estaba llamando. Dejó la taza en el fregadero y lo siguió.

Don Diego se dirigió, por supuesto, al dormitorio de su tía. Supuso que lo habían compartido y, ahora que ella era la dueña, las cosas no iban a ser distintas. Si lo pensaba, ese signo de confianza debería halagarla. Aunque había pensado ocupar otro, supuso que a su tía le gustaría que durmiera allí. Es más, después del día que había pasado allí, le pareció impensable dormir en otro sitio.

Cuando se metió en la cama, perfumada con lavanda, la asaltó una sensación de bienestar. Metió una mano debajo de la almohada, sabiendo que iba a encontrar allí un manojito de flores. Inspiró hondo y se arrebujó bien en las mantas y la colcha colorida tejida con retales de lanas.

Se sobresaltó un poco al sentir que el gato saltaba sobre la cama, pero se tranquilizó cuando se hizo un ovillo contra sus piernas. Tras unos minutos, se acostumbró e incluso se amoldó a don Diego.

—Buenas noches, don Diego —murmuró, antes de cerrar los ojos.

Capítulo 6

Al día siguiente, a media mañana, se resolvió el misterio de quién había alimentado a don Diego y había limpiado la casa.

Rosa había descubierto una mesita de madera casi petrificada junto a la entrada y había sacado un par de sillas y había decidido desayunar en el exterior, bañada por el delicioso sol veraniego, ahora que todavía no ardía.

Don Diego había desaparecido al amanecer y no había vuelto a verlo desde entonces, aunque había comprobado que había vaciado su cuenco, que había vuelto a llenar por si acaso. Acordarse de hacerlo era un esfuerzo continuo y se había descubierto alarmada al pensar que el animal no tendría comida o bebida fresca y podría estar en peligro.

Aunque el gato y ella solo habían hecho una tregua, no podía evitar preguntarse dónde estaría. Al fin y al cabo, su tía se lo había encargado y no quería perderlo en su primer día en la casa. Lo había buscado sin éxito durante una hora, hasta que se había rendido y había decidido desayunar sin él.

Y ahí estaba, sentada en lo que decidió llamar el porche, aunque no se parecía en nada a uno, cuando conoció a María José, su vecina.

Venía caminando por el prado a paso rápido, con un sombrero de paja en la cabeza, los carrillos ardiendo y un vestido de flores, como salida de una película de los años 50.

—Gracias a Dios que ya estás aquí. Estaba hasta las narices del paseíto diario.

Rosa se irguió en la silla, sorprendida por las palabras de bienvenida de la desconocida. Se calzó las alpargatas y se puso de pie, esperando a que la mujer con el vestido floreado llegara hasta ella. Y, cuando al fin lo hizo, confirmó que no parecía feliz en absoluto.

—¿Has recogido los huevos?

Rosa tuvo que mirarla con los ojos entrecerrados, no solo porque daba impresión verla tan roja y sudorosa, sino porque parecía hablar un idioma desconocido.

—En el gallinero. ¿No te ha dicho nadie que tienes que recogerlos cada día?

Rosa tenía experiencia sintiéndose idiota. Toda su vida la habían hecho sentir así. Y ahora esa desconocida volvía a hacerla sentir de ese modo, hablándole como si fuera una niña de cosas que debería saber pero que nadie le había explicado.

Al firmar los papeles de la herencia le habían explicado que la casa poseía un gallinero, pero ella no había comprendido que eso suponía que alguien tenía que recoger los huevos cada día. Y ahora ese alguien era ella.

Por algún motivo, quizás por su expresión desvalida o la ira que empezaba a asomar a sus ojos, la desconocida reculó. Se quitó el sombrero y se pasó la mano por los cortos rizos canosos.

—Soy María José y me he encargado de la casa desde que..., bien, desde lo de Hortensia. Ya veo que nadie te ha explicado nada. Será mejor que vengas conmigo. —De pronto, se detuvo y le miró los pies, enfundados con alpargatas y el pantalón de lino blanco, arrugado pero impoluto—. Tendrá que valer, qué remedio.

Durante las horas siguientes, Rosa recibió una lección rápida acerca de sus nuevas propiedades.

Para empezar, junto con la casa, ahora era la flamante dueña de un gallinero y de un negocio de venta de huevos.

—Hortensia no comía productos animales, pero era buena en las cosas de las perras, y sabía que a la gente le gustan las cosas bien hechas, así que un día decidió montar un gallinero ecológico. Desde el principio tuvo buenos clientes y le fue bien el asunto. Proveía a tiendas y también a algunos restaurantes y hoteles, así que los ingresos son casi fijos. En su ausencia he cobrado yo los beneficios. —María José la miró de frente, como esperando una mala respuesta—. Esto es un trabajo fácil, pero tiene lo suyo, no creas.

Rosa asintió.

—Me parece bien. Dime también si te debo algo por cuidar de la casa y el gato, por favor.

María José enrojeció otra vez, aunque esta vez no por el calor.

—No, nada. Hortensia era mi amiga y una buena mujer. Siempre nos ayudaba si necesitábamos algo, así que no es nada.

—Gracias, entonces.

De la boca de María José, Rosa aprendió más de lo que habría deseado de gallinas, sus traseros, de dónde solían dejar sus huevos y lo mucho que les gustaba picar a las personas que no les agradaban.

—Mi consejo es que no demuestres que les tienes miedo. Si ven el miedo en tus ojos, estás perdida —dijo María José en tono firme, agachándose para coger más huevos.

A esas alturas, Rosa estaba deseando volver a meterse en la ducha. Ya se había caído un par de veces sobre los restos de comida y heces de las gallinas, aunque el gallinero estaba asombrosamente limpio. A su pesar, no podía evitar estremecerse cuando alguno de los animales, rojizos y con las puntas de las plumas negras, o blancas por completo, alzaba el vuelo y se cruzaba ante sus ojos, o decidía colarse entre sus piernas. Era como si la retasen, sabiendo bien que era alguien nuevo.

Era sencillo decir que no debía mostrarles miedo, pero lo cierto era que los ojillos negros y sus afilados picos eran aterradores.

—Te acostumbrarás, ya verás.

Rosa asintió, aunque, en principio, lo pensó más tarde, no iba a quedarse allí. Se suponía que solo había ido para una semana. Y después, ¿qué sería de las gallinas, del negocio, de la casa?

Seguro que aumentaría el valor del terreno. Juanito estaría encantado al enterarse. Todo lo bio estaba de moda.

—Por cierto —le preguntó a María José, mucho más tarde, ya en la cocina, mientras limpiaban los huevos de plumas y excrementos, y separaban los que estaban rotos o estropeados—, no habrás visto por ahí a don Diego, ¿verdad?

Su vecina rio.

A Rosa le recordó a su tía Hortensia. Ella también había reído así, sin ocultar nada, sin pudor.

—No te preocupes por ese bicho. Siempre desaparece cuando se acercan los días de luna llena. Tu tía me explicó algo al respecto, pero no lo entendí. Seguro que hay alguna gata en celo cerca.

Rosa asintió como si lo comprendiera.

Siguieron rellenando hueveras de cartón hasta que las encimeras estuvieron repletas. Luego, se lavaron y Rosa preparó café para las dos.

—Ojalá tuviera algo más que ofrecerte, pero no he tenido tiempo de instalarme de verdad.

María José la miró desde su silla con una sonrisa casi perezosa. Rosa se sintió calibrada y la mano le tembló un poco sobre la taza de café. Después de las emociones avícolas, había renunciado por completo a abandonar el azúcar y su taza estaba bien dulce y deliciosa, y no lo lamentaba en absoluto.

—¿Vas a instalarte de verdad? Si no te importa que te lo pregunte, tu tía siempre pensó que lo harías.

—¿Hablaba de mí?

María José bajó la vista al café apenas unos segundos, aunque la volvió a mirar enseguida, y entonces Rosa supo que esa visita no se debía solo a los huevos y las gallinas. Esa mujer era una mensajera de su tía.

—Tu tía y yo éramos amigas, aunque Hortensia no era del tipo hablador, no sé si me entiendes. No hablaba demasiado de ella misma, pero a veces te contaba cosas. —Se llevó la taza a los labios y suspiró de placer al probar la bebida—. Creo que esta casa era su refugio, y que te escogió porque pensaba que tú comprenderías lo que eso significa. Me dejó una carta para ti, espero que la vieras. No sé cuándo la escribió, pero sabía que vendrías y me hizo jurar que te la daría.

Rosa sintió una especie de picor, o de calor, o de... algo... en el estómago.

—Es un lugar maravilloso, me encantaba venir de niña.

María José chasqueó la lengua contra el paladar.

Era evidente que no había esperado eso. Sin embargo, por mucho que sintiera algo especial por esa casa y ese valle, no estaba preparada para hablar de ello con una desconocida.

Y María José debió de verlo en sus ojos, porque se bebió el café de un sorbo y se levantó.

—Voy a tener que dejarte, porque tengo faena en mi casa. Mi número está apuntado en la agenda junto al teléfono, por si lo necesitas. Puedes llamarme sin problemas. Podemos tomar algo y hablar cuando quieras. —Se dirigió a la puerta y pareció dudar, porque se volvió, con el vestido de flores ondeando alrededor de sus piernas—. Últimamente, tu tía había estado recibiendo ofertas por todo esto.

Rosa se levantó también, de un modo demasiado brusco, de modo que hizo temblar la mesa y las tazas.

—¿Ofertas? ¿Alguien quería comprar la casa?

—Todo. Quieren comprarlo todo.

Por la cara que había puesto María José, no parecía demasiado feliz de hablar del asunto.

—Germán es un tipo insistente, así que prefiero avisarte. No es de los que aceptan una negativa con alegría. Digamos que es una fuerza de la naturaleza.

A pesar de la sonrisa de su vecina, Rosa sabía leer entre líneas. Las fuerzas de la naturaleza no eran necesariamente buenas. Pero, antes de que pudiera preguntar más acerca de él, María José se fue tras decirle que volvería al día siguiente para

recoger las hueveras y acompañarla para repartir-
los y presentarle a los dueños de las tiendas y los
restaurantes.

Rosa asintió, distraída, y le dio las gracias.

En ese momento habría agradecido incluso que
don Diego la mirase con su habitual gesto de censura, porque la mención a las ofertas de compra de
la casa y las tierras le había dejado una sensación
extraña.

Si Juanito y su madre se enteraban de ello, co-
rrerían a ponerse en contacto con el tal Germán,
saltando de alegría por tenerlo todo hecho.

Pero, por algún motivo, Rosa sintió frío.

Capítulo 7

Al anochecer, justo cuando estaba a punto de cerrar las contraventanas de la cocina, don Diego se coló de un salto, dándole un susto de muerte.

Rosa dio un grito y reculó. Estuvo a punto de caerse, aunque se sujetó a tiempo.

—¡Joder! ¡Maldito seas!

Lo maldijo durante unos minutos, mientras sentía una violencia en su interior que no había sentido en mucho tiempo. Jamás le había pegado a un animal, ni a nadie, pero durante unos instantes sintió que podría haberlo destrozado.

Mientras juraba en arameo, el gato la miraba con los ojos entrecerrados, sentado sobre sus cuartos traseros a una distancia prudencial, como si esperase a que se le bajara el gas para acercarse.

Luego, con todo el descaro del mundo, se le acercó y se refregó contra sus piernas.

Rosa sintió el impulso de apartarlo de una patada, pero se agachó y lo acarició.

—Eres un mamón y me has tenido preocupada todo el día. La próxima vez avisa o algo, ¿de acuerdo?

Don Diego maulló bajito, no supo si afirmando o no.

El cabreo se le pasó, dejándole una sensación amarga y ganas de llorar. Era absurdo sentirse así por una tontería semejante, pero no pudo evitarlo.

—Vamos a cenar, ¿qué te parece?

Necesitaba hacer algo con tal de no pensar. Después de seis meses, se suponía que ya no debería sentirse así. ¿Cuándo iba a volver a dejar de sentirse inestable e idiota? Era una mujer adulta, más que adulta, casi se diría que rozaba la mediana edad, a sus treinta y ocho años. Era lo bastante mayor como para ser autosuficiente y dejar de ser una cría asustadiza. Le había dicho a su hermano que era capaz de salir adelante sola, y lo haría.

Como si lo hubiera invocado, Juanito llamó después de cenar.

Era un animal de costumbres, así que podía imaginarlo ya con el pijama y los dientes limpios, sentado al borde de la cama y con su mujer, Luisa, atenta a cada palabra. Su hijo, Juanito hijo, ya debía de llevar dormido al menos dos horas.

Lo que era extraño es que hubiera aguantado tanto sin llamar.

—¿Qué tal todo en el salvaje campo, hermanita?

Aunque se esperaba algo semejante, Rosa no pudo evitar reírse por el tono ridículo de su hermano.

—Todavía no han atacado los indios, pero he atrancado las puertas por si vienen los lobos, tranquilo. Puedes decirle a mamá que mi virtud está intacta todavía, los garrulos no me han asaltado ni me han vendido como esclava sexual en un burdel de la frontera.

Casi pudo ver la expresión molesta de Juanito al escuchar sus bromas, pero no pudo sentirse culpable por ello. Odiaba que la tratasen como a una cría inútil.

—¿Y qué tal la casa?

El tono ligero de su hermano no la pudo engañar, sabía que quería saber en qué estado se encontraba lo que para él era la inversión que podía
sacarla de apuros. Solo que para ella vivir en un
piso de alquiler a un precio ridículamente alto
cuando no tenía trabajo no era una solución. En
cambio, ahí tenía una casa, un negocio...

Pensó en contarle eso a Juan, pero algo la detuvo.

Notó la presencia de don Diego junto a ella. El
gato la miraba fijamente y parecía comprender
cada una de sus palabras.

—La casa es muy bonita y está en muy buen estado.

—¿Sabes que hoy me ha llamado un tipo de por
ahí? Un tal Germán.

¡Ah, de modo que ese era el motivo de la llamada! Rosa sintió un pequeño peso en el estómago.

Sabía que Juan la quería, y ella lo quería a él,
pero sabía que en la cabeza de su hermano había
prioridades, y entre ellas no estaba el saber cómo
se encontraba.

—Te ha hecho una oferta por la casa y los terrenos.

Rosa no preguntó, sino que afirmó. Por su tono,
Juanito supo que no era el mejor momento para
hablar.

—Ya sé que no estás preparada...

—Lo que no sé es por qué te llaman a ti si la casa
es mía. Si el tal Germán vuelve a llamarte, puedes
darle mi teléfono.

—Supongo que sabe que tengo una inmobiliaria y ha pensado que era mejor tratar conmigo,
que sé del asunto. No te lo tomes así.

Rosa sintió ganas de mandarlo al carajo. Aunque, por supuesto, no lo hizo. Rosa nunca hacía cosas así.

Rosa no había mandado al carajo a su marido, que la había engañado mil veces y la había dejado por otra, y además se había quedado con su negocio.

Rosa no había mandado al carajo a su hermano, que había negociado con el traidor de su ex para echarla del negocio que ella había montado y había fingido que se conformaba con el porcentaje que los dos habían planeado para ella, aunque le parecía un abuso.

Rosa no había mandado al carajo ni a su hermano, a su ex, ni a sus padres, cuando todos habían decidido que era mejor que no luchara por el apartamento que ella había encontrado, decorado y ayudado a pagar, porque la lucha la agotaría, y ella no estaba bien, decididamente, no estaba bien, estaba agotada, y ese otro piso era muy cuco y no estaba mal de precio, y ella se lo podría permitir si encontraba un trabajo pronto.

Rosa no había mandado al carajo a su madre, que la había visitado en su nuevo piso y lo había mirado y remirado, y había arrugado los labios para decir que le había parecido mejor la primera vez que lo había visitado, pero que para ella sola estaba bien porque, total, qué vida hacía ella.

Rosa no había mandado al carajo a su padre, que nunca la llamaba ni visitaba, y cuando acompañaba a su madre se limitaba a quedarse en segundo plano, ausente. No dudaba que la quería, pero nunca se inmiscuía en nada, porque aquello eran «cosas de mujeres».

Y como era incapaz de mandar a nadie al carajo, Rosa le colgó a Juanito, sin sentirse culpable por primera vez en su vida.

Miró a don Diego y le sonrió.

—¿Te apetece salir a tomar la fresca y beber algo en el porche?

El gato maulló y la siguió a la cocina, donde esperó con paciencia a que ella buscara en los armarios hasta que encontró una botella de licor de hierbas y se sirviera un vasito. Luego, los dos se instalaron en el exterior, mirando hacia la luna casi llena, disfrutando del relativo silencio de la noche.

Al fondo, Rosa escuchaba el teléfono sonar, pero le dio igual. Por ella, podía arder, que no iba a responder.

Capítulo 8

María José llegó temprano y tomaron juntas un café en silencio en el porche, como si llevaran haciendo eso mismo toda la vida.

La otra mujer debía de rondar los cincuenta años, quizás más, pero exhalaba vitalidad. Después de tomar el café, se levantaron, lavaron las tazas y cargaron el coche con los huevos.

—Algunos intentarán negociar, pero no te muestres débil. Si antes pagaban un precio justo a Hortensia, te pagarán lo mismo a ti.

Rosa sonrió.

—Tranquila. Hasta hace poco llevaba mi propio negocio y tengo experiencia con los regateadores.

María José dio la vuelta para montarse en el lado del copiloto y a Rosa le gustó su actitud. «Hoy soy tu acompañante», quería decir, «tú mandas, pero estoy aquí para apoyarte». No todo el mundo era capaz de algo así.

—¿Qué tipo de negocio tenías?

Rosa casi pudo escuchar la pregunta que no hacía: ¿por qué ya no estás allí?

Durante unos segundos, aguantó la respiración

y dudó, pero al final, mientras arrancaba el coche con cuidado, con miedo de dar un giro brusco que acabara con la delicada carga que llevaban, empezó a hablarle de la tienda de cerámica artesanal que había montado con Samuel.

—En realidad, cuando lo conocí, yo ya tenía la tienda, pero él decidió ampliarla y cambiar la ubicación. Estudié Bellas Artes, ¿sabes? A mi madre casi le dio un patatús cuando le dije que quería estudiar eso.

—¡Oh, me lo imagino! Recuerdo a Flora de niña y era tan estirada que algunos nos preguntábamos cómo era capaz de sentarse.

Rosa estalló en carcajadas. Supuso que reírse así de su propia madre estaba mal y que algunos lo considerarían un pecado, su madre entre ellos, pero no pudo evitarlo. Además, María José no lo había dicho en un tono insultante, sino que su tono había sido... explicativo. No cabía duda de que, si había una palabra que describiera a su madre, era estirada. Y si ya era así de niña, su vida debía de haber sido de lo más incómoda. A veces tenía la sensación de que su madre no solo era incapaz de relajarse, sino que no se lo permitía.

—No sé si conoces a mi hermano Juan, pero él es el orgullo de mis padres —continuó Rosa. Su tono no era amargo al hablar de cómo su familia prefería a Juan en todo. A esas alturas, había asumido que ella era una continua decepción para todo el mundo—. Pensé que, como él había encarrilado su vida desde bien jovencito, yo podía permitirme ser feliz sin que me presionaran.

—Pero te equivocaste.

María José no la miraba. Se dedicaba a darle indicaciones para que no se perdiera y a apuntar en una libreta los indicadores para que pudiera memorizar con más facilidad el camino. Jamás nadie en su vida había hecho algo así por ella y no sabía muy bien cómo tomárselo.

—Pues sí. Digamos que en mi familia nadie comprende que se pueden hacer las cosas por placer, sin más, sin esperar un beneficio a cambio, así que tuve que montar una tienda para vender lo que creaba. Y me gustaba. No es que atender a los clientes sea lo mío, pero disfrutaba explicando cómo había creado las piezas.

Hasta que su madre pensó que necesitaba a un asesor para ir más allá y expandir el negocio.

—Porque tú sola, hija mía, no llegarás a nada.

Rosa pensó que no había nada de malo en quedarse donde estaba, en una calle secundaria, con una tiendecita cómoda, pequeña, apañada, donde podía colocar las piezas de un modo vistoso y la gente llegaba como un goteo, atraída por un escaparate que montaba ella misma.

Samuel era el amigo de un amigo de un conocido de alguien que habían recomendado a su madre en una fiesta. Por supuesto, no entendía nada de arte, pero sí sabía de ventas.

Además, era alto, moreno, con un pelo rizado precioso, ojos azules y una sonrisa que hizo que las piernas le temblaran desde el primer momento. Acabaron en la cama en la segunda cita y casados a los tres meses de conocerse.

Para sorpresa de Rosa, su madre no tuvo nada que objetar, aunque Samuel no era lo que ella consideraría una persona boyante. Tenía mucha labia, vestía bien, pero su cuenta bancaria estaba en números rojos. Solo que Flora no lo sospecharía por su desparpajo. Y Rosa jamás se lo dijo para que no le fastidiara los primeros momentos de aprobación que había tenido en su vida.

A las pocas semanas de la boda, Samuel dijo que el local de artesanía no tenía *flow*.

—Aquí las ventas no fluyen. Mira tus obras. Están mustias, les falta vida. He visto otro local a dos calles de aquí que...

El otro local era enorme y, en consonancia, enormemente caro. Para poder pagarlo, Rosa tuvo que hipotecar su piso y Samuel solo tuvo que acarrear las piezas y hablar sin parar de lo bien que les iría «ahora que estaban donde había que estar».

—Y nos fue bien, todo hay que decirlo. A él mejor que a mí.

Rosa fue parca al hablar de los motivos del divorcio y María José adivinó entre líneas que había habido alguien más, una clienta, también artista, que comenzó a visitar la tienda y parecía tener más interés en el vendedor que en las piezas.

—Y ahora resulta que Hortensia te ha dejado la casa. Qué cosas.

Rosa había dejado de hablar un par de minutos después de contarle que había perdido su negocio y su casa. No le había dicho que se había tirado meses encerrada y que había pensado, en fugaces momentos de insomnio, que sería mejor no estar ahí, que nadie la echaría de menos.

—¿Por qué me la ha dejado a mí?

María José rio.

—Bueno, tú misma me has hablado de Flora, que es su única sobrina. Por lo poco que conociste a tu tía abuela, ¿crees que se lo dejaría todo a ella? Y, por lo que dices, tu hermano es igualito a ella.

Rosa empezó a ver los tejados de lo que supuso que era el pueblo a lo lejos. Destacaba la torre de una iglesia, con un nido de cigüeñas en lo alto. Desde esa distancia no podía decir si era bonito o feo, pero le dio pena terminar esa charla. Aunque apenas conocía a esa mujer, se sentía reconfortada por su comprensión.

—No sé si estoy loca o qué, pero creo que hay un motivo oculto para todo esto.

Por el rabillo del ojo pudo ver cómo María José se encogía de hombros y apartaba la vista.

—Tu tía era muy suya. No te diré ni que sí ni que no, pero a caballo regalado no le mires el dentado.

Capítulo 9

En Ermita del Valle ya no había ermita. El edificio medieval se había quemado hacía muchos años y la nueva iglesia, que ya tenía casi doscientos años, había ocupado su lugar.

El edificio era cuadrado, apenas tenía adornos y, si no fuera por el campanario, que era lo que había visto Rosa desde la distancia, podría confundirse con un almacén. El estilo debía de ser neoclásico, por la época en la que había sido construida, pero las figuras en los arcos y los frisos estaban tan deslavazadas que daba igual.

Rosa aparcó en una plazuela, cerca de la puerta de la iglesia, lo que le permitió fijarse en todos esos pormenores. Mientras tanto, María José le contaba detalles sobre el pueblo.

—Aunque no lo parezca a simple vista, esto se llena los fines de semana, en verano y en vacaciones. Es un sitio tranquilo y está relativamente cerca de la ciudad. Por eso hay tantos restaurantes.

María José le señaló varios negocios hosteleros alrededor de la plaza.

—¿Tenemos que ir a todos?

María José negó con la cabeza.

—Hay otras casas que venden productos agrícolas, así que el negocio a veces se lo queda el primero que llega o el que ofrece la mejor oferta, pero tu tía tenía algo especial.

Hubo algo en la expresión de María José que hizo que Rosa se preguntase qué era lo que ofrecía su tía en realidad. No tuvo tiempo de preguntar, porque la otra mujer rodeó el coche y sacó la libreta para consultar el primer pedido.

—Veinte docenas para El mesón del valle —dijo María José, señalando un restaurante con una terraza en la misma plaza—. El pedido es fijo cada tres días. Luis es muy maniático con la frescura de los huevos en verano. En invierno baja la cantidad, pero eso ya lo verás en la libreta.

Rosa sacó el carrito que había cargado en la parte trasera del coche y empezó a meter las hueveras con cuidado. Era consciente de que María José la miraba con una cierta guasa, pero ella todavía no se había acostumbrado a tratar con los huevos como si no fueran a romperse nada más mirarlos.

¿De verdad la tía Hortensia había usado ese viejo coche que había encontrado junto a la casa para trasladarlos? ¿Cómo llegaban enteros a su destino?

Cuando al fin hubo completado el pedido, siguió con cuidado a su vecina hasta El mesón del valle, evitando cada piedrecita y boquete en el asfalto.

Tuvo la sensación de que tardaba una hora en llegar, sudorosa y tensa.

Cuando llegó hasta la puerta, se dio cuenta de que había un hombre mirándola con los brazos cruzados sobre el pecho. Llevaba un delantal diminuto envolviéndole las caderas y una chaquetilla blanca de cocinero impoluta. Sobre el hombro izquierdo había un nombre bordado en rojo: *Luis*.

—Tú debes de ser la nueva.

Rosa se sonrojó sin poder evitarlo. Se sintió igual que en el colegio, cuando le tocaba presentarse en el primer día de curso, o cuando en la universidad tenía que presentar un nuevo proyecto.

Luis la miró de arriba abajo, pasando por sus alpargatas sucias, sus piernas picoteadas por las gallinas, su vestido de verano arrugado de lino que haría que su madre se horrorizase y su pelo castaño mal recogido en un moño.

Por fin, como si hubiera pasado un examen, le tendió una mano caliente y grande.

—Soy Luis.

A Rosa le sudaban las manos, pero pensó que no darle la suya era de cobardes.

—Rosa.

Pudo ver que él se sorprendía por la fuerza de su apretón. A muchos les pasaba lo mismo. Rosa había esculpido, tallado y realizado técnicas que requerían mucha fortaleza, así que sus manos eran fuertes y un poco ásperas. Aunque, por supuesto, ahora ya no hacía nada de eso. Lo había dejado el mismo día en que había perdido su negocio y su matrimonio, junto con todo lo demás.

—Será mejor que pasemos, empieza a apretar el sol.

Rosa agradeció entrar en el comedor, que se encontraba en una deliciosa penumbra a esa hora. Una chica en pantalones cortos y camiseta se dedicaba a montar las mesas para la hora de la comida mientras canturreaba.

—Esta es Sofía, mi hija.

Rosa la saludó al pasar, y la chica le sonrió y siguió canturreando. Al mirarla de cerca, vio que tenía los auriculares puestos y que probablemente no escuchaba nada de lo que decían.

Llegaron a la cocina, donde unos peroles enormes de donde emanaba un aroma delicioso hervían al fuego.

Rosa aparcó el carrito y Luis se apoyó contra la encimera con cara de negociante. Ella pensó que hacer lo mismo estaba descartado si quería parecer profesional.

—Supongo que ha llegado la hora de hacer negocios —dijo, cruzando las manos ante sí, con la sonrisa que ponía cuando quería parecer cordial pero firme.

En la tienda de artesanía había compradores que la hacían perder el tiempo exigiendo rebajas porque consideraban que la obra tenía fallos, que no era lo bastante grande, que no era lo suficientemente famosa, que podrían ser usadas como ganchos para otros posibles clientes o incluso como publicidad en locales comerciales, de modo que no debían pagar nada.

Rosa consideraba que unos cuantos años de atención al público la habían enseñado a descubrir cómo eran los clientes en pocos minutos.

—Todo depende de si la calidad es la misma que hasta ahora.

La sonrisa de Rosa se amplió.

—¿Y cómo podría haber bajado la calidad en tres días, desde que María José te trajo tu último pedido?

Escuchó cómo María José reprimía la risa a sus espaldas, pero no se giró para mirarla. Tenía la mirada fija en su presa y no la apartó en ningún momento. Si había aprendido algo en sus años como vendedora, había sido a no soltar a un posible cliente hasta que estuviera bien atrapado.

—No te conozco de nada...

—Ni yo a ti —replicó Rosa—. Pero creo que podemos ser buenos amigos —añadió, tendiéndole una mano firme—. Mantener el mismo trato que tenías con mi tía es una buena manera de serlo.

Pudo ver cómo Luis enrojecía un poco, como si no supiera cómo se había visto en esa situación. Era posible que el mesonero hubiera pensado hacerse el duro y renegociar una rebaja, incluso amenazar con dejarla tirada, pero no había pensado que se encontraría con un muro enfrente.

—Joder, no hay duda de por qué te dejó Hortensia todo a ti —murmuró Luis antes de estrecharle la mano.

Una vez cerrado el trato, Luis sonrió, aliviado.

—Te juro que me has acojonado y todo —admitió, sirviendo tres chupitos de licor de hierbas.

Rosa pensó que no era buena idea empezar a beber tan temprano.

María José cogió el vasito, se lo llevó a los labios y la miró. Luis ya había cogido el suyo y Rosa sintió que los dos la miraban.

—¡Qué narices! —exclamó Rosa.

Había que celebrar los triunfos, y sabía bien que no había tenido demasiadas cosas que celebrar últimamente.

Después de cerrar el trato en El mesón del Valle, pasaron por el Hotel del Valle, el bar de la plaza, la Taberna Paqui...

Rosa perdió la cuenta de los contratos verbales que renovó, más que nada porque todos se cerraron con chupitos de licor de hierbas.

Cuando iban a emprender el regreso, camino al coche, después de haber entregado todos los huevos, Rosa se sentía ligera y tranquila, más feliz que en mucho tiempo. Hablaba sin parar y reía por tonterías, y María José la dejaba estar, sabedora de que era algo que necesitaba.

Lo que ya no necesitaba tanto era lo que las esperaba junto al automóvil, como una mala sombra.

Germán Espinosa rondaba esa edad que en los hombres se consideraba interesante y en las mujeres ya empezaba a ser la de descuento, o eso pensaban ellos. Quizás tenía cincuenta, quizás alguno más. Era atractivo y lo sabía, a pesar de estar algo pasado de peso y de que ya no tenía el cabello tan espeso como antes.

Lo que aún conservaba era la sonrisa depredadora.

Las esperó, sin aproximarse ni un solo paso, con los brazos cruzados sobre el pecho y las piernas abiertas, apoyado contra el capó de su coche.

—Buena tarde, señoritas —las saludó, llevándose la mano al ala de un sombrero inexistente, y se apartó del coche.

Rosa lo miró con el ceño fruncido, nada impresionada por lo que veía, y pasó a su lado para abrir la puerta.

—Ya hemos cerrado el tenderete por hoy. Volveremos dentro de tres días. —Hizo un gesto con la mano en dirección hacia el aire—. O puede pasarse por casa, si quiere.

Germán, para sorpresa de María José, no se tomó mal el evidente desprecio.

—Soy Germán Espinosa —dijo al fin, para cortar aquella situación a la que no estaba acostumbrado.

En la zona, los Espinosa lo eran todo, lo más cercano a la aristocracia. Si por allí hubiera alfombras rojas, la gente las desplegaría a su paso. Solo que, por algún motivo, Hortensia nunca se había plegado a sus mandatos. Y tenía las sospechas de que Rosa tampoco lo haría.

—Y yo soy Rosa Rodríguez Florido y estoy deseando volver a casa.

Rosa miró a María José, que no dudó en abrir la puerta del copiloto y montarse en el coche. No sabía si Rosa estaba en condiciones de conducir, pero no iba a decir nada delante de Germán.

—Tenemos algo de lo que hablar.

Rosa miró la mano de Germán sobre la puerta, nada sutil.

—Sea lo que sea, no será ahora. Si me disculpa...

Germán apartó la mano y se quedó allí, junto a la iglesia, mirando cómo arrancaba. No se movió hasta que las perdió de la vista, aunque su postura no delató su ira.

—El cacique del pueblo, supongo.

A María José le habría encantado poder desmentir el mito peliculero, pero en ese caso no podía. Era un hecho que Germán era un señorito de una familia de señoritos. Los Espinosa poseían tierras, negocios, casas, ganado, y siempre querían más. Además, cuando se encaprichaban de algo, pocos osaban enfrentárseles.

Hortensia había sido una de esas pocas personas, y María José todavía recordaba su regocijo cuando le contaba lo mucho que disfrutaba haciéndole rabiar.

Sin embargo, todos sabían que, a la larga, los Espinosa de la vida tenían las de ganar. El mundo estaba preparado para que los poderosos se salieran siempre con la suya. Por lo que fuera.

En cuanto estuvieron fuera de la vista, Rosa apartó el coche de la carretera y la miró.

—Será mejor que conduzcas tú, no me siento demasiado bien.

Para cuando llegaron a casa, Rosa apenas podía con su alma.

Había sido un día largo y lleno de emociones, y el encuentro con Germán no había ayudado. Había estado a punto de cargarse las buenas sensaciones después de cerrar los tratos con los comerciantes, y algo en su interior había gritado que no podía permitírselo.

Por supuesto, sabía que tendría que pagarlo, pero el subidón había sido brutal.

Al subir al coche, se había sentido eufórica, con una sensación casi sensual. Solo que había durado poco. A los escasos minutos, había empezado a sudar, el alcohol que había tomado había empezado a hacerle efecto y el cansancio había ganado la batalla.

Era una suerte que María José solo se hubiera tomado el primer chupito con Luis y hubiera rechazado el resto aduciendo su medicación para el colesterol. Después había conducido de regreso a casa y la había dejado en la puerta tras preguntarle si necesitaba ayuda.

—Síííí... Quiero decir, noooo...

María José la miró dubitativa.

Rosa la había sorprendido con sus capacidades negociadoras y su enfrentamiento con Germán, pero eso no quería decir que estuviera bien. Esa chica, porque lo era, pese a su edad, estaba más rota por dentro de lo que ella misma creía.

Suspiró y la vio entrar en la casa.

Todavía echaba de menos a Hortensia, y supuso que lo haría siempre, y para ella esa casa sin su amiga era muy distinta.

Rosa se parecía a ella en algunas cosas, y en otras era tan diferente... A ratos, era como hablar con Hortensia, y de pronto la miraba y se encontraba con una completa desconocida sentada a su lado.

—¿Qué planeabas para ella, amiga? —murmuró para sí, como si esperase una respuesta del más allá.

Quién sabía. Conociendo a Hortensia, era posible que le respondiera de alguna forma.

Sin embargo, solo vio a don Diego entrando en la casa, con aquel elegante caminar suyo.

Estaba empezando a anochecer, pero la luna ya había asomado. Al día siguiente estaría llena.

Capítulo 10

Rosa despertó tarde y cansada, aunque con una sensación satisfactoria por lo que había conseguido el día anterior.

Había mantenido los contratos de su tía sin problema y había descubierto en María José a una amiga. Se había mantenido en segundo plano. Solo había intervenido para presentarle a los dueños de los negocios o cuando alguien se ponía un poco difícil. Si no, los dejaba hacer sin problemas.

Mientras desayunaba, pensó en Germán... como fuera.

A su madre le gustaría. Era el tipo de hombre que le encantaba a Flora. Lo consideraría masculino, atractivo, poderoso. Y, por supuesto, era rico.

Se terminó el café y limpió el comedero y el bebedero de don Diego, que no estaba por allí.

Recordaba vagamente haberlo visto la noche anterior, antes de acostarse, pero estaba muy cansada y había bebido demasiado. Era posible que hubiera dormido a su lado antes de volver a desaparecer.

¿Había pasado ya la luna llena? María José había comentado que el gato desaparecía esos días,

Jamás había escuchado nada al respecto de que las fases lunares afectasen a los mininos. Aunque también era cierto que no sabía nada de gatos.

Miró el calendario que colgaba en la cocina, junto al frigorífico, y vio que la luna alcanzaba su plenitud esa misma noche.

—¡Aleluya! —exclamó, pensando que eso explicaría la efervescencia que sentía en la sangre.

Dedicó el resto del día a recoger los huevos y a limpiar y ordenar, en una rutina que en general odiaba, pero que ese día la ayudó a descansar la mente.

Además, decidió que era el día ideal para descubrir qué se escondía en el cobertizo que había visto el día de su llegada. Quizás después de comer, se dijo. ¿De verdad había transcurrido una semana? Se rio cuando pensó que una semana era el plazo que se había puesto para regresar a la ciudad, y le parecía increíble que solo hubieran pasado siete días desde entonces.

De hecho, tuvo que hacer números para darse cuenta.

Era increíble que el tiempo pasara así de rápido y así de lento, de un modo... no sabía cómo decirlo. Estando allí, Rosa se limitaba a vivir día a día y podía decidir sobre la marcha qué hacer o qué no, sin pensar en nadie más, y eso era maravilloso. Sin contar con las labores obligatorias en el gallinero, tenía todo el tiempo libre para ella misma. La sensación era embriagadora.

Y sospechaba en parte que eso se debía a que no tenía a su madre encima presionándola para cumplir sus expectativas o culpándola, porque era consciente, en el fondo lo era, de que Rosa jamás estaría a la altura.

El solo hecho de pensar en Flora hizo que se tensara y se levantara para hacer algo para olvidarse de ella, al menos unos instantes. Aunque, pensó, al menos Juanito había tenido la deferencia de no insistir con el asunto de la venta. Y la falta de insistencia era algo a lo que no estaba acostumbrada.

Sabiendo que lo hacía solo para ahogar su conciencia y sabedora de que su hermano estaba trabajando y no podría ver su mensaje, Rosa le escribió diciendo que se quedaría un tiempo más en la casa del valle. Más tarde llegarían las llamadas, los reclamos, pero en ese momento se quedó tranquila por haber tomado una decisión.

Lo que tenía claro era que no quería irse. Y no sabía cuándo estaría lista para hacerlo.

Para cuando aunó fuerzas para revisar el cobertizo, casi había anochecido.

La luna llena, enorme como una pelota blanca, tan grande como no recordaba haberla visto nunca, ya se veía en el cielo.

Todavía hacía calor, pero para Rosa la temperatura era agradable. Se acababa de dar una ducha y todavía sentía la humedad del agua en la piel. El cabello mojado goteaba sobre la piel y le empapaba el vestido, pero era una sensación maravillosa. Ni siquiera le molestaba que el polvo le manchara los pies por culpa de las sandalias.

El cobertizo era más grande de lo que había pensado. De hecho, era casi del tamaño de una casa pequeña. El tacto de la madera era suave, agradable, y su aroma mareaba a causa del calor.

Le hizo gracia ver que incluso había un felpudo a la puerta. Y una gatera enorme, cómo no.

La puerta estaba abierta. Ni siquiera había cerradura. Quizás aquello de que en el campo no eran necesarias no era un mito y nadie entraba a robar, pero para ella no dejaba de ser una sorpresa.

Sintió el impulso de llamar al entrar, aunque era absurdo. ¿Quién iba a haber allí? ¿El fantasma de tía Hortensia?

El solo hecho de pensarlo hizo que reculase un poco.

Adentro estaba oscuro. A pesar de que había ventanas, las cortinas estaban corridas y afuera ya era casi de noche.

Olía a hierbas. ¿A alcohol? A especias. Y también un poco a cítricos.

Poco a poco, su vista se fue acostumbrando y pudo ver el contorno de los objetos y los muebles. Y arriba, colgando del techo, el de una lámpara. Así que palpó en las paredes hasta que dio con un interruptor. La luz naranja la hizo parpadear y apartar la vista, aunque al hacerlo pudo ver que algo se escabullía a su izquierda.

—¿Hola? ¿Hay alguien ahí?

Rosa lo habría dejado estar, incluso habría pensado que eran imaginaciones suyas. Al fin y al cabo, su familia siempre decía que el exceso de imaginación era uno de sus mayores defectos, pero oyó cómo algo, algo grande, chocaba con un objeto y lo hacía caer.

—¿Don Diego? ¿Es aquí donde te escondes todos los días?

Rosa avanzó hacia el fondo de la cabaña de madera, no sin dejar de echar vistazos curiosos a su alrededor.

¿Qué era ese lugar? Había tubos de vidrio, cazuelas, matraces, hierbas colgadas por todas partes, botes con especias, flores puestas a secar y unos botellones enormes con lo que juraría que era alcohol.

—Ven, michino, te juro que no estoy enfadada.

Procuró sonar tranquila, aunque se escuchó otro ruido fuerte.

¿Un gato era capaz de montar semejante escándalo? ¿O acaso había algo más ahí? ¿Un animal salvaje... o un hombre?

Miró a su alrededor, en busca de un objeto con el que defenderse. Cogió lo primero que le pareció lo bastante contundente, el mazo de un mortero, de piedra y pesado. En su mano, el tacto era fresco y la hacía sentirse fuerte. Seguro que con eso podría machacar una cabeza, si se acercaba lo suficiente. Aunque hacía tiempo que no esculpía, todavía tenía bastante fuerza en los brazos.

—Esto es una propiedad privada —dijo, con voz firme—. Si sale por su propia voluntad, no le denunciaré. Salga con las manos en alto y no le haré daño.

Se oyó un nuevo sonido, como de algo arrastrándose. Y luego pasos, pasos humanos.

Rosa se encogió sobre sí misma con el mazo del mortero ante ella, a modo de arma. Temblaba, pero esperaba que, fuera quien fuera el que se escondía al fondo de la cabaña de madera, estuviera más acojonado que ella.

—Soy yo.

A Rosa le costó comprender lo que había dicho el hombre.

Un hombre desnudo, por cierto.

Era moreno, con el cabello desgreñado, delgado y fibroso. Se tapaba la entrepierna con las manos y la miraba por entre las greñas.

No era que hiciera meses, o quizás más, que Rosa no veía a un hombre desnudo, sino que no esperaba encontrarse a uno así, ante ella.

—No te acerques.

Él emitió un sonido extraño, a medio camino de una risa y un gemido o un bufido. Lo que fuera, sonó poco humano.

—No era mi intención que te enterases así.

Rosa apretó más fuerte el mazo del mortero al ver que él daba un paso en su dirección. Y lo hizo todavía más cuando el extraño greñudo hizo amago de apartar las manos de su entrepierna para levantar las manos en señal de inocencia.

—Solo voy a recoger mi ropa. Está por ahí —añadió, señalando con la barbilla hacia un lugar detrás de Rosa.

Ella reculó para dejarle pasar. Y cuando él pasó junto a ella, lo vio. O más bien, la vio. Una cola peluda, negra, enorme y zigzagueante que salía de la zona más baja de su espalda.

Él se giró y la pilló mirándolo con la boca abierta.

—Si me permites, después de vestirme te contaré el secreto de tu tía Hortensia, o uno de ellos —dijo el desconocido mientras se ponía una camisa de estilo anticuado y unos pantalones que le permitían amplitud de movimientos a su apéndice trasero—. Por cierto —añadió, acercándose hasta un extremo casi agobiante y tomándole una mano—, permíteme presentarme. Soy don Diego de la Hera y Cervantes.

—¿Cervantes? —balbuceó Rosa.

—No ese Cervantes.

Rosa sintió que la cabeza le daba vueltas mientras don Diego de la Hera y Cervantes se llevaba su mano a los labios y la besaba.

Don Diego. ¿Don Diego, con una cola que le salía del trasero?

¿Don Diego, el gato de su tía Hortensia?

Sintió que el mundo desaparecía a su alrededor y lo agradeció.

Capítulo 11

Don Diego de la Hera y Cervantes podría decir que estaba acostumbrado a ver damas desmayadas a sus pies, pero no era cierto.

Debido a, digamos... las características de su existencia, las había visto correr, gritar; le habían dado escobazos, y una incluso le había disparado. Otra había sufrido un ligero vahído, pero se había repuesto pronto.

Ninguna, hasta el momento, había perdido el sentido, y no sabía si aquello era algo de lo que enorgullecerse.

Miró a su alrededor, buscando algo para acomodarla, pero esa caseta de madera no era el lugar más adecuado para atender a alguien enfermo. Hortensia y él la habían construido porque, al subir la demanda de licor de hierbas, pensaron que seguir fabricándolo en casa era incómodo y, de todas formas, había sitio de sobra. Además, recuperaron la inversión muy pronto y pudieron ampliar la producción, así que la idea fue redonda.

Casi podía verla rondando por allí, ajustando las cantidades de anís y de especias, midiendo la graduación de las botellas, siempre con un chal colorido aleteando a la espalda.

Todavía no podía comprender cómo había muerto así, de un día para otro.

Un gemido a sus pies le recordó que Hortensia y su muerte no eran una prioridad. Su sobrina nieta era ahora la dueña de la casa, de las tierras y de todo. También de su secreto.

Y ojalá pudiera confiar en que era merecedora de él.

Rosa había vuelto en sí, pero no tenía fuerzas para abrir los ojos.

Durante unos instantes, había rezado para que lo que había visto antes de desmayarse fuera fruto del estrés, de su imaginación, aquella horrible y tremenda imaginación suya, pero no.

A pesar de los ojos cerrados, podía notar que no estaba sola.

Aquel hombre, aquel... ser —¿qué era, si tenía cola, joder?— seguía junto a ella. Podía sentir su calor, aunque no la tocaba. Irradiaba calor, mucho calor. No recordaba a nadie tan caliente.

—Sé que estás despierta.

Rosa gimió al saberse descubierta. Le habría gustado saberse en su cama y que todo fuera un sueño, pero ella nunca tenía ese tipo de golpes de suerte. Ella había nacido en la rama mala de la familia.

—Seas lo que seas, no me hagas daño, por favor.

Notó una palmada en la mejilla que la obligó a abrir los ojos.

Él estaba muy cerca y la miraba con sorna. Una expresión muy propia de un gato.

—Jamás le haría daño a alguien de tu familia. Estoy aquí para serviros... a mi modo. Es mi destino y mi maldición.

Ella incorporó la cabeza con curiosidad, pero él ya había apartado la mirada. Era posible que estuviera allí para servirla, pero en ese momento no iba a responder a sus preguntas.

Lo que sí hizo fue ayudarla a levantarse. A pesar de su delgadez, ya lo había comprobado al primer vistazo, era fuerte. Una vez la vio de pie, le dio la espalda, mostrándole otra vez su juguetona cola, que pareció burlarse de ella.

—Es hora de cenar —dijo, cortando cualquier posible interrogatorio.

Rosa lo siguió hasta la casa. Mientras estaban en el cobertizo, había anochecido del todo y la luna llena parecía haberse adueñado del cielo.

Ahora comprendía el tono misterioso de María José. Se preguntó si sabía algo sobre la doble vida del gato de su tía Hortensia. Y también comprendía que no se llamara Bigotes, Mizifuz o Pelusa. Murmuró una maldición para sí, aunque don Diego la ignoró. A la luz de la luna, vio cómo su cola se movía sin parar, atrapando su mirada. Era hipnótico. No podía parar de mirarla.

Cuando llegaron a la cocina, pudo verlo mejor.

Parecía rondar los treinta, aunque juzgar la edad de una criatura semejante era complicado. Además, sus movimientos eran flexibles, de un modo extrañamente... felinos, lo cual tenía lógica, teniendo en cuenta que era un gato hasta hacía una hora.

—¿Cómo funciona lo tuyo?

Don Diego, que se había colocado un delantal sobre la ropa y se había adueñado del espacio para liarse a preparar la cena con toda la naturalidad del mundo, se giró para mirarla y le guiñó un ojo.

—Soy humano los días, o más bien las noches, de luna llena. Y el resto...

—El resto del tiempo eres un gato que me juzga con la mirada —completó ella por él.

Don Diego se secó las manos con un trapo y la miró con aire de ofensa.

—No te juzgo, es solo que los gatos tenemos menos músculos en la cara y no podemos expresar todo lo que sentimos.

Rosa pensó que lo que venía a decir era que tenía suerte, que, de poder expresarlo todo, se pasaría la vida llorando en un rincón, con ganas de morirse.

Decidió que esa noche apagaría la mente. No pensaría en que el gato que había heredado junto con la casa y las tierras era humano en las noches de luna llena, que ahora mismo estaba cocinando una tortilla de patatas y una ensalada. Y que además acababa de servirle un chupito de hierbas, supuso que para que ahogara sus penas.

Lo mejor sería dejarse llevar, o el cerebro se le freiría.

Así que levantó el vasito y brindó con él, aunque no sabía exactamente en honor a qué.

Después de cenar, los dos salieron a lo que Rosa llamaba el porche. Ella se sentó en la silla que había colocado allí, aunque de pronto se dio cuenta de que solo había un asiento. En algún momento había metido la segunda silla y no había vuelto a sacarla.

—Tranquila —dijo don Diego, estirándose en el suelo y colocando la cara contra la palma con elegancia—, cuando estoy así me gusta disfrutar de este cuerpo de todas las maneras posibles.

Rosa no quiso analizar sus palabras ni qué tipo de disfrute podía ofrecer el hecho de tirarse por el suelo y restregarse contra la tierra.

Don Diego, en su forma de hombre, la ponía nerviosa. No era solo que actuase con una naturalidad y una sensualidad apabullantes, como si se conocieran de toda la vida, sino que a veces se la quedaba mirando con esos ojos amarillentos suyos donde, si se esforzaba, Rosa juraría que podía ver un iris rasgado.

Permanecieron unos minutos en silencio hasta que él estiró una mano y le acarició un tobillo con los nudillos, casi como lo hubiera hecho un gato con la pata.

Rosa se sobresaltó tanto al sentir que la tocaba que estuvo a punto de caerse de la silla.

—¡Joder! ¿Qué coño crees que estás haciendo?

—Solo pensaba que igual te apetecería hacer el amor.

La pierna de Rosa se movió hacia él como por un impulso propio. Don Diego se encogió sobre sí mismo cuando la punta de su pie, calzado con una alpargata polvorienta, chocó con su brazo, aunque solo le dio de refilón. Su intención no había sido golpearle con fuerza, pero se arrepintió de haberlo hecho al ver que le había dado.

—Lo siento por el golpe, pero que sepas que no me arrepiento de la intención.

Él levantó las manos en el aire y se levantó.

—Tampoco era mi intención ofenderte. Es solo que llevo días viéndote muy triste y quería hacerte sentir bien. Además, eres una mujer hermosa. Te he visto desnuda y pienso que no disfrutas lo suficiente de tu belleza y de tu cuerpo. De verdad, creo que lo pasaríamos bien.

Rosa tuvo que contenerse para no volver a darle una patada, y esta vez intencionada.

¿Cómo se atrevía a hablarle así? ¿Y qué era eso de que la había visto desnuda?

Entonces recordó que ese maldito bicho, en su forma gatuna, había dormido en su cama y se había sentado en una esquina de la mesa auxiliar mientras ella se vestía. Incluso la había acompañado a la ducha. En su momento le había parecido tierna su preocupación, pero ahora lo veía de otro modo.

—Eres un pervertido.

Don Diego levantó una mano.

—Debo decir, en mi descargo, que cuando estoy en mi forma animal no siento lo mismo que en mi forma humana.

Rosa abrió la boca, pero la cerró de golpe con un chasquido sonoro de los dientes.

—Me da igual lo que digas. De ahora en adelante, no quiero que te acerques a mi dormitorio ni al baño cuando yo esté sin ropa.

Él bufó y Rosa juraría que había visto el atisbo de unos colmillos afilados en su boca.

—Te recuerdo que yo estaba antes que tú aquí y que esta es mi casa.

Rosa sonrió al fin, triunfante.

—Pero da la casualidad de que mi tía Hortensia me dejó la casa y las tierras a mí y tengo unas escrituras que lo demuestran. ¿Tú tienes algo que pruebe que llegaste antes?

Don Diego se acercó a ella hasta que casi pegó su nariz contra la suya. Rosa habría querido retroceder, pero aquello era una lucha de voluntades. Si reculaba en ese momento, habría perdido esa batalla, y sería sentar un precedente. No podía empezar cediendo.

—Tengo muchas pruebas. De hecho, cuando eras una mocosa que jugaba en el río con el idiota de tu hermano, yo ya estaba ahí. Veía cómo tu hermano mataba insectos y tú llorabas por ello. Y estaba ahí mucho mucho antes.

Rosa se apartó. Era imposible que el gato que ella recordaba de su infancia fuera el mismo don Diego.

Iba a negárselo en su cara, pero las palabras murieron en su boca.

Ante sus ojos tenía a un hombre..., o lo que fuera, con cola de gato, ojos de gato y un atisbo de colmillos. Si decía que había vivido más años, muchos más años, que un gato normal, ¿cómo no iba a creerlo?

—De acuerdo, eso no te lo puedo negar. Supongo que tendremos que convivir —dijo, tratando de sonar magnánima.

Don Diego enarcó una ceja y la miró de arriba abajo.

—Por mucho que lo intentes, nunca te vas a parecer a tu madre —replicó, haciendo que enrojeciera, porque pensaba que la imitación de Flora le había salido redonda—. No te sientas mal, precisamente por eso siempre me has caído mejor que nadie de tu familia. Y me alegro de que por fin te vayas a quedar.

Tras decir aquello, don Diego pasó a su lado rozándola adrede y entró en la casa. Olía a hierbas y a flores. Y su tacto era agradable y desconcertante.

Lo siguió después de un rato, sin saber demasiado bien si había ganado la batalla o no. En todo caso, vio de refilón que él se había instalado en uno de los dormitorios al otro lado del descansillo, así que pensó que habían llegado a una especie de acuerdo.

Cuando se acostó, se sorprendió a sí misma afilando el oído para ver qué hacía en la otra habitación, pero solo oía pasos y canturreos, nada especial.

Después, silencio.

Se movió en la cama, sorprendida de su amplitud. Solo entonces se dio cuenta de que la cama le parecía más grande porque durante toda esa semana había dormido con don Diego a su lado.

Don Diego, que ahora era un hombre...

—Maldito pervertido —murmuró para sí.

Una imagen de él desnudo con su juguetona cola se inmiscuyó en su mente y trató de borrarla con todas sus fuerzas.

—Ahora la maldita pervertida soy yo —gimió, tapándose la cabeza.

Capítulo 12

Don Diego esperó a que Rosa dejara de hacer ruido para asomar la cara al descansillo.

Debía de ser medianoche y la casa crujía, como siempre. A esas alturas, conocía cada sonido que emitían sus tablas y piedras.

Se asomó al dormitorio de Hortensia... —no, ahora era el de Rosa—, para comprobar que dormía.

La nueva dueña de la casa llevaba uno de los camisones de su tía abuela, lo que hizo que el corazón de don Diego diera un vuelco. No era que se parecieran, nada de eso. Hortensia había sido vital, alegre, dicharachera y sin complejos, mientras que su descendiente era de todo menos eso.

No iba a negarse a sí mismo que, de poder escoger, preferiría que Hortensia regresase en ese momento. Rosa era mucho más joven, y era atractiva, pero Hortensia había sido su amiga y compañera durante mucho tiempo, y un resto de deseo no podía borrar eso de un plumazo.

Le dio la espalda a Rosa y caminó hasta la cocina.

Se sirvió un trago de licor de hierbas, aunque no lo probó. El solo hecho de olerlo, sentirlo, hacía que Hortensia estuviera más presente.

—¿Qué te ocurrió? —murmuró para sí, colocando las manos planas sobre la mesa.

¡Dios, ojalá pudiera recordar aquel día!

Una de las desventajas de ser humano solo las noches de luna llena era que apenas recordaba lo que ocurría cuando era gato.

Podía recordar olores, sensaciones, emociones difusas, pero analizarlas era más complicado. Además, esos recuerdos eran frágiles, se difuminaban deprisa. A veces eran como sueños. Cuando recuperaba la forma humana, venían a ráfagas, pero no siempre comprendía de dónde venían.

El día en que Hortensia había muerto, él no estaba en casa. Ni siquiera sabía dónde estaba o por qué. Quizás estaba cazando, o durmiendo. Solo sabía que al llegar a casa ella estaba tumbada en la entrada de casa y que no respiraba.

Y junto a ella había ese olor.

El olor de alguien más.

Solo que no sabía de quién era. Lo único que sabía era que ese olor pertenecía a un hombre.

Por allí no pasaba mucha gente, siempre era Hortensia la que iba a llevar los pedidos a sus clientes, porque ella lo prefería así. No quería visitantes en sus tierras, excepto a María José y, de ciento en viento, a su familia. Su familia, que no venía casi nunca, no la llamaba ni escribía. Su familia, que solo se ponía en contacto cuando ocurría una desgracia, como cuando había muerto su hermana. Solo Juanito había aparecido últimamente, más veces de las que incluso Hortensia habría deseado. Sabía que habían discutido, aunque no sabía por qué.

Con el tiempo se había acostumbrado y lo había asumido, porque no le había quedado más remedio. La distancia y la soledad eran algo con lo que uno tenía que vivir, y llegaba un momento en que se convertían en una segunda piel, y eso lo sabía bien. Sin embargo, que no hablase de ello no quería decir que no le hiciera sufrir.

El día en que la había encontrado en la entrada, le había costado comprender que Hortensia, con los ojos abiertos y fijos, no se movía y ya no se movería jamás. En su forma de gato, se había convertido en un ovillo y se había acurrucado contra ella, sintiendo que se le iba a romper el corazón.

María José los encontró al día siguiente, cuando se extrañó de que no entregara los huevos ni respondiera el teléfono. Le costó apartarlo de ella y tuvo que encerrarlo en la casa para que se la pudieran llevar.

Don Diego pensó que enloquecería y, de hecho, se sintió enajenado durante días, hasta que recordó ese olor perteneciente a un extraño.

Por desgracia, no podía hablar con nadie de ello... todavía.

Don Diego salió al lugar donde había encontrado a Hortensia. A su pesar, los ojos se le llenaron de lágrimas.

Ella había sido su amiga, y también su amor. Juntos se habían sentido solos en compañía y habían sido felices a su modo.

Se dejó caer en el mismo lugar donde habían yacido durante horas y miró a la luna. A veces no tenía claro si la amaba o si la odiaba.

Cerró los ojos y volvió a repasar los acontecimientos del día de la muerte de Hortensia mientras, unos metros más allá, su descendiente dormía, ajena a que él guardaba su descanso.

En su memoria guardaba el olor de quien fuera que había estado con ella aquel día. No sabía si había tenido algo que ver con su muerte, pero lo averiguaría.

Capítulo 13

Durante unos segundos, nada más despertar, Rosa pensó que todo lo ocurrido el día anterior había sido un sueño.

Se le escapó una sonrisa.

Don Diego, el gato de su tía abuela, era humano durante las noches de luna llena.

¡Ja!

Se levantó y estuvo a punto de tropezar con el ruedo del camisón. La noche anterior se había puesto uno de los de Hortensia. Lo había encontrado en un cajón y no había podido resistirse. Era tan anticuado, tan lleno de volantes y tan bonito. Además, olía a lavanda y era suave. Parecía sacado de una película antigua. Antes de darse cuenta de lo que hacía, lo tenía puesto y se había metido en la cama.

Luego llegaron los sueños extraños y nada inocentes de ella con ese hombre desnudo, pero no pensaba darle vueltas a ese asunto. Nunca, ni durante su adolescencia ni durante su matrimonio, había tenido unos sueños tan explícitos ni tan llenos de...

Rosa sacudió la cabeza y trató de sacarse las imágenes que volvieron a su cabeza. En general, no solía recordar sus sueños, así que no tenía que recordar justo esos. Nada de imágenes de ella y don Diego de la Hera y Cervantes besándose por todas partes, acariciándose y acometiendo posturas sexuales dignas del *Kamasutra*. Era evidente que llevaba mucho tiempo sin sexo y que él era atractivo, más que eso, y que verlo desnudo la había excitado.

Por suerte, se dijo, no había sido más que un delirio por culpa del alcohol. Era imposible que nada de lo que había ocurrido fuera cierto. Evidentemente, los gatos no se convertían en hombres y...

Su alegría desapareció cuando se asomó a uno de los dormitorios.

Él no estaba allí, pero sí lo estaba su ropa, doblada y colocada en una esquina de la cama que no parecía haber tocado. Además, le había dejado el desayuno preparado y también una nota, escrita con caligrafía delicada y anticuada:

Nos vemos esta noche. Espero que disfrutes del día. Te echaré de menos.
Don Diego de la Hera y Cervantes

—Me cago en la leche —gruñó, mientras sentía cómo se evaporaban sus ilusiones de que su vida era normal.

Se comió el desayuno sin pensar en que lo había preparado un hombre que en ese momento era un gato. Un gato que esa noche volvería a ser humano.

Prefería no pensar demasiado porque, de lo contrario, empezaba a sentirse un poco mareada.

Así que desayunó, lavó y recogió la vajilla y se vistió. Fue a recoger los huevos, tan entretenida en sus pensamientos que se olvidó de asustarse por las gallinas, y se dedicó a fingir que su vida era normal y aquel era un día más.

Mientras avanzaba el día, empezó a mirar hacia el horizonte, esperando a que asomara la luna.

No había visto al don Diego gato en toda la jornada.

¿Qué hacía en esos días? ¿Descansaba? ¿Le suponía mucho desgaste el convertirse en humano las noches de luna llena? ¿Por qué ocurría aquello? Y, hablando de la transformación, ¿cómo ocurría? Imaginó una crisálida gatuna abriéndose para dejar salir a un humano guapísimo, pero la descartó por absurda. Aunque cualquier opción lo era, si lo pensaba bien.

Dentro de lo extraño del caso, tenía que haber una explicación para aquello. Ella creía en la ciencia y la ciencia lo explicaba todo. O casi todo.

Al fin la luz empezó a menguar.

Incapaz de contener el ansia, aunque se decía que no se trataba de eso, sino de curiosidad por saber de él, de por qué ocurría lo que ocurría, Rosa sacó la labor y empezó a tejer, sin saber muy bien lo que hacía.

En un momento de inspiración, se acercó hasta la cabaña para llevarle la ropa que había dejado en la cama. Durante unos segundos pensó en quedarse, aunque todavía debía de quedar una hora hasta el anochecer. Luego se dijo que era una estúpida. Si se quedaba, qué pensaría de ella. Así que se fue y dedicó esa hora a fingir que no ocurría nada anormal. Se plantó en el porche y tejió a la luz de la tarde que moría.

Y tejió y tejió.

Hasta que lo vio llegar con calma, descalzo, con la camisa blanca y las calzas negras, y su cola juguetona danzando tras él, como el galán de una película que camina hacia su dama por un páramo.

Rosa perdió dos o tres puntos sin darse cuenta.

El corazón nunca le había latido así de fuerte.

Se sentía extraña, como embriagada. No podía apartar la vista de él.

Sus manos manoteaban en el aire, aunque hacía rato que se le había caído la aguja de ganchillo y solo enredaba más la lana y embrollaba la labor.

Cuando don Diego llegó junto a ella, le tendió una mano y la tomó de la muñeca para levantarla de la silla. La acunó unos instantes entre sus brazos y frotó su nariz contra la de ella en un gesto que Rosa habría considerado ridículo en otras circunstancias. Solo que en ese momento hizo que sus rodillas temblasen.

—Te he echado de menos todo el día —murmuró él contra sus labios antes de besarla.

Y no fue un beso normal. Al menos no fue un beso como los que ella estaba acostumbrada a recibir.

No era solo que los hombres que la besaban no tuvieran un atisbo de colmillos puntiagudos, sino que no la besaban como si fuera a desvanecerse de un momento a otro y quisieran sorberle toda la esencia.

Don Diego había colocado una mano en su nuca y otra en su cintura, y la sostenía en el aire, como si fuera Rett Butler y ella Scarlett O'Hara, y sin duda la besaba como en una película antigua.

Rosa era consciente de que aquello no debería estar ocurriendo, pero no se atrevería a protestar por nada del mundo. De hecho, de ser por ella, se pasaría así el resto de su vida. Lo de respirar era algo secundario.

Por desgracia, en algún momento él la soltó y la dejó sobre sus pies, vacilante como una cometa que solo se sostiene por el hilo.

Don Diego la sujetaba por la cintura, como si, a pesar de dejar de besarla, no fuera capaz de soltarla.

Rosa lo miró con los ojos entrecerrados. Él parecía tan afectado como ella, aunque también parecía un poco triste. A la luz de la luna llena, sus ojos amarillentos estaban llenos de dolor.

Rosa se apartó en cuanto se sintió más firme sobre sus pies. Perder el contacto de sus manos fue casi doloroso, pero así debía ser. Aquello no era... natural.

—No te aflijas, es el efecto de la magia de la luna llena. Tiene este efecto en las personas sensibles.

Rosa lo miró y le dolió verlo encogerse de hombros.

¿El efecto de la magia de la luna llena? ¿Personas sensibles?

Le dio la espalda y entró en la casa. Hacía frío de pronto, pero eso era preferible a sentir que solo la tocaba y la besaba porque la magia lo obligaba a ello.

—Puedes cenar, si quieres. Yo no tengo hambre —le dijo por encima del hombro, sin preocuparse de si la seguía o no.

No quería mirar atrás. De hacerlo, era posible que quisiera volver a sus brazos, y no estaba preparada para sus propias reacciones.

Capítulo 14

—Tienes mala cara.

Rosa bufó y se levantó para lavar su taza de café, aunque ni siquiera lo había acabado.

María José no dijo nada más. Aunque oficialmente ya le había presentado a todos los clientes en el pueblo, se había ofrecido para acompañarla a vender los huevos. Al verla, Rosa se hizo a un lado y se puso a preparar café y tostadas como si fuera lo más natural del mundo.

—Será cosa de la luna llena.

A Rosa le pareció escuchar una risita procedente de su vecina, aunque al girarse no pudo detectar ningún atisbo de humor en su rostro.

—A Hortensia le pasaba a menudo.

—¿Qué era lo que le pasaba a menudo?

—Cosas con la luna llena.

El tono de María José al pronunciar la palabra «cosas» fue indudablemente malicioso. Lo bastante como para que la imaginación de Rosa echara a volar. ¡Oh, sí, su maldita imaginación!

¿Hortensia y don Diego? ¿Su tía abuela Hortensia y don Diego haciendo «cosas»?

Entonces, recordó la insinuación de don Diego acerca de que llevaba allí mucho tiempo. ¿Cómo había dicho? Que cuando ella era niña y jugaba en el río con Juan, él ya estaba ahí. Y que ya lo estaba mucho mucho antes.

Le temblaron las manos mientras dejaba las tazas de café en el aparador. No quería tener miedo de él, ni tampoco quería sentir... lo que fuera que sentía.

—¿Por qué no nos vamos ya?

—Claro.

María José no dijo nada más y la siguió hasta el coche, que ya habían cargado antes. Al pasar junto a la cabaña, la señaló con un gesto de la cabeza.

—¿Ya has descubierto el secreto de Hortensia?

—¿Qué? —graznó Rosa.

—El licor de hierbas. Abastecía a todo el pueblo y a parte de la comarca. La receta es un secreto, pero siempre he pensado que la tenía apuntada en algún lado. Podemos buscarla un día, si quieres. Era una buena fuente de ingresos y creo que no te vendría mal.

Rosa enrojeció al comprender que no se refería a don Diego.

El dichoso licor de hierbas. Así que para eso servía la cabaña, con todas esas hierbas, los alambiques y los utensilios, además de escondite para que don Diego se metamorfoseara en hombre. Ahora comprendía por qué todo el mundo le ofrecía un chupito para cerrar los tratos.

—Claro —respondió.

—No es que te quiera robar la receta ni nada.

Rosa le cogió una mano.

—Seguro que a mi tía le gustaría que la tuvieras. Cuando quieras la buscamos e intentamos recrear la fórmula del éxito. Si a mi tía le iba bien el negocio del licor y los huevos, ¿por qué no vamos nosotras a seguir igual?

María José no dijo nada, pero fue obvio que le gustó el hecho de que diera por sentado que eran una especie de socias. A Rosa no se le ocurría que fuera de otra manera y le agradó que su vecina no protestase. Era mejor así, porque para ella era un hecho consumado que el negocio pertenecía a las dos.

—¿Os reservo una mesa? Hoy hemos preparado un guisado de costilla de cerdo estupendo. Es una de las especialidades de la casa.

Rosa miró a Luis con agradecimiento. La sola idea de tener que cocinar al regresar a casa la hacía sudar.

Por suerte, María José se había dado cuenta de su agotamiento y se había hecho cargo de todo. Ella se limitaba a asentir, sonreír y a estar presente.

Esa segunda noche de luna llena había sido de lo más movidita. Había pasado una noche horrible, pero no solo porque se sentía excitada por el beso con don Diego. Además de las fantasías eróticas, había tenido unos sueños de lo más extraños.

En ellos aparecía don Diego, por supuesto, pero también otras personas. Mujeres. Y no conocía a ninguna de ellas. Sin embargo, se sentía cercana a ellas, como si pudiera acercarse y hablarles.

En su sueño, esas mujeres sonreían, hablaban, lloraban, pero no podía escuchar lo que decían. Era como si estuviera en un cine, viendo una película muda.

En algunas escenas reconocía el lugar. El río, la piedra donde don Diego dormía, solo que en la película no era un gato, sino un hombre. También reconoció el dormitorio donde estaba durmiendo en ese momento, solo que la que estaba en la cama no era ella, sino otra persona.

No supo si el sueño había durado unos minutos o toda la noche, pero al despertar estaba agotada.

Se quedó en la cama, tumbada, con los ojos abiertos, esperando a escuchar algo, aunque sabía que no había nadie más en casa. Ya había amanecido. Cuando aunó las fuerzas para levantarse, don Diego ya no estaba allí.

Hasta que se había quedado dormida, lo había escuchado caminando por la casa. Primero en la cocina y después en el exterior. No sabía lo que había hecho después.

No podía evitar sentirse enfadada con él y consigo misma por no poder controlar sus impulsos.

Para él era muy sencillo besarla así y decir que no tenía importancia, que todo se debía a la magia de la luna llena, pero ella todavía no había asumido que él no fuera del todo humano... o un gato. Ni siquiera sabía lo que ocurría. ¿Y ahora le decía que había una magia especial debida a la luna llena que hacía que se lanzaran el uno al otro como locos cuando ni siquiera se conocían?

Rosa no era así. No había estado con nadie desde que se había separado de Samuel y jamás había sido una mujer excesivamente sensual. ¿Cómo iba a asumir como si tal cosa que le corría fuego por las venas por un ser desconocido con solo pensar en él? Por un ser que, encima, ni siquiera era humano.

—Entonces, ¿te quedas a comer?

Rosa se dio cuenta de que se había perdido por completo en sus pensamientos cuando Luis le tocó el brazo con delicadeza.

—Sí, gracias. Será un placer.

—Yo no puedo quedarme, lo siento. Todos espe-ran en casa, pero quédate tú. Otro día comemos juntas ese guiso. Puedo atestiguar que es delicioso.

Rosa estuvo a punto de disculparse cuando vio que Sofía, la hija de Luis, ya había preparado la mesa para ella. El objetivo de aceptar había sido no quedarse a solas, y al final iba a comer sin Ma-ría José. Si había algo que no le apetecía para nada era quedarse sola con sus pensamientos, llenos de hombres desnudos, magia lunar y cosas extra-ñas.

—Siéntate, enseguida te servimos.

Luis la empujó prácticamente al asiento y le sir-vió una copa de vino que ella probó para conten-tarle. Sonrió en señal de aprobación y Luis se marchó satisfecho.

—Los mejores negocios se hacen comiendo, o eso dice siempre mi padre.

Rosa se giró para mirar a quien hablaba y se en-contró con un hombre vestido como un señorito de campo, con gorra de paño con estampado de cuadros incluida. De haberlo acompañado un pe-rro y llevar una escopeta bajo el brazo, parecería estar posando para la portada de una revista de caza y pesca.

¿Cómo se llamaba? Germán... algo. Algo que so-naba a aristocrático, pero no lo recordaba.

—No sabría decirle. Pero si él lo dice, no le voy a quitar la razón.

Él se acercó y se sentó enfrente, sin molestarse en pedir permiso ni quitarse la gorra.

Llamó con un silbido y señaló hacia la mesa.

—Ponme un plato aquí, guapa. Voy a comer con la señorita.

Rosa pudo ver la expresión de fastidio de Sofía cuando el muy cretino la llamó de ese modo, sin embargo, colocó ante él un plato y toda la parafernalia sin rechistar.

—El resto de las mesas están libres. ¿No estará usted más cómodo en una mesa más grande?

Él tardó un rato en reaccionar a sus palabras. Y al hacerlo rio, aunque Rosa pudo captar que su risa no era amable ni divertida.

—Las mujeres de tu familia sois siempre tan ariscas como un cardo. Y es una lástima, porque sois bastante guapas, dentro de lo que cabe.

Rosa se sintió enrojecer a su pesar.

—¿Qué es lo que quiere?

Él volvió a sonreír y, al hacerlo, unas arrugas profundas se marcaron en su rostro, aunque no era tan mayor. La exposición continua al sol no le hacía ningún favor a su piel, por mucho que se protegiera con esa ridícula gorra. Además, tenía un sobrepeso que llegaría a ser preocupante si no se cuidaba, y que empezaba a ser una amenaza para los botones de su camisa y para su cinturón. Sentado, su respiración era fatigosa.

—Ya lo sabes. Tu hermano te lo habrá contado. Quiero tu casa y tus tierras.

Rosa bebió un sorbo pequeño de vino para ocultar su expresión.

Germán no ocultaba demasiado su intención depredadora. Además, parecía gustarle aquel aire matador, lobuno. Debía de encantarle aterrar a las mujeres. Seguro que creía que las excitaba, que en el fondo les encantaba sentirse acosadas.

No era su caso.

—No.

Él la miró, desconcertado durante unos segundos.

Probablemente no estaba acostumbrado a escuchar demasiado esa palabra.

—No entiendes...

—¿Qué es lo que no entiendes tú? —Rosa lo miró con tanta calma como pudo aunar—. La casa y las tierras no están en venta.

—Tu hermano me dijo...

Rosa sonrió y se recostó en la silla. Por el rabillo del ojo, vio a Sofía con una sopera enorme en las manos. No se acercaba, quizás por miedo a la reacción de Germán si le fastidiaba el negocio.

—Es que mi hermano aquí no pinta nada. Mi tía me dejó la casa y las tierras a mí.

Lo vio entrecerrar los ojos como si pensara que había encontrado una debilidad en ella.

—Hortensia y yo habíamos llegado a un acuerdo.

Rosa siempre había sido una ingenua, y sí, tenía mucha imaginación, lo decía todo el mundo, pero no era idiota. Sabía calar a la gente cuando mentía. Y Germán no era un buen mentiroso.

No era solo que hubiera apartado la mirada cuando dijo justo aquello, sino que su voz había temblado. Ella no lo conocía, pero había que ser tonta para no notar que todo él rezumaba mentiras.

Rosa usó todas sus fuerzas para sonreír.

Estaba agotada y había dormido fatal, pero pocas veces en su vida se había sentido tan segura en algo. La casa del valle era suya y, en el caso de que necesitara dinero o quisiera deshacerse de su herencia, Germán era la última persona en el mundo a quien se la vendería.

—Pues es una pena que muriera antes de que pudiera firmar los papeles, ¿verdad?

Levantó una mano y llamó a Sofía para que trajera la comida.

Germán se levantó y se le acercó. Le colocó una mano pesada en el hombro. Olía a colonia fuerte que no camuflaba su olor masculino.

—Tú no pintas nada aquí y acabarás dándote cuenta. Tantas tierras en manos de una chiquilla de ciudad... —Chasqueó la lengua contra el paladar—. Eso no le hace ningún bien a nadie, guapa. Piénsalo bien. Piensa en el beneficio del pueblo y en el tuyo propio. Nos irá mejor a todos.

Rosa miró su mano sobre su hombro como quien mira algo muerto y en proceso de descomposición, hasta que Germán la retiró.

—Soy mayorcita y sé lo que me conviene, gracias.

Él no se apartó. La miró muy de cerca, como si todavía creyera que iba a ceder. Durante unos instantes, pensó que iba a decir algo más o que incluso iba a besarla, pero se levantó y se largó. Por lo visto, ya no tenía hambre.

Rosa, en cambio, se sintió hambrienta de golpe. No era habitual para ella vencer las batallas y, sin duda, se lo merecía.

Comió con apetito el guiso de costilla y hasta repitió otro plato.

Fue consciente de que Luis y Sofía la contemplaban con admiración y extrañeza a partes iguales a unos metros de distancia. Era imposible que no hubieran escuchado su conversación. Le dio igual. Tenía intención de quedarse por el momento y quería que esa gente supiera que su compromiso con la tierra que había heredado era absoluto.

Capítulo 15

Al regresar a casa, Rosa había tomado una decisión.

Después de su victoria sobre Germán, quizás pírrica, pero victoria al fin, estaba decidida a no dejar que las emociones la vencieran esa noche.

Le daba igual la luna llena, la magia y lo que fuera que significara todo aquello. Estaba claro que don Diego evitaba deliberadamente explicarle quién o qué era y, sobre todo, por qué sucedía lo que sucedía. Ella se había dejado manipular, pero las cosas no podían seguir así.

A medida que la tarde moría y la luna aparecía poco a poco en el cielo, cada vez menos llena, sentía una inquietud mayor.

Se sentía excitada, sí, y no podía negarlo, pero sobre todo decidida.

El anochecer llegó y pudo vislumbrar a don Diego caminando hacia ella. Como el día anterior, se había sentado en el porche para esperarlo, aunque ese día no tenía la labor entre manos. Solo estaba ahí, sentada, aparentando toda la calma posible.

Hacía calor y olía a hierba. Los insectos zumbaban alrededor de la luz y él caminaba hacia ella con ese modo hipnótico suyo de caminar. Llevaba, como siempre, esa ropa un poco anticuada pero a la vez elegante. Parecía salido de una obra de teatro o de una película, aunque sabía que era real. Solo tenía que extender una mano para comprobarlo. Aunque no lo hizo, por supuesto. Era demasiado peligroso.

—Siento lo de ayer —dijo él nada más llegar a su altura—. ¿Sigues enfadada?

Rosa sirvió dos vasos de licor de hierbas y le tendió uno de ellos. Él lo miró con desconfianza, como si supiera, con razón, que le estaba proponiendo un trato.

—Depende.

Pudo ver un atisbo de su colmillo puntiagudo cuando sonrió.

—¿De qué?

—De que me cuentes de una vez de qué va todo esto.

Don Diego se inclinó hacia ella para tomar el vaso, y entonces arrugó la nariz y emitió una especie de bufido. Pegó la cara a su hombro y empezó a olisquearla.

Rosa lo apartó de un empellón, pero él la tomó por la cintura y volvió a meter la nariz en su cuello. Luego fue bajando por su hombro y su brazo para regresar al hombro.

—¿Qué es este olor? ¿A quién pertenece?

Había una expresión extraña en sus ojos, salvaje. Ya no eran humanos, sino completamente felinos. Sus colmillos habían asomado y Rosa sintió miedo al escuchar su voz ronca.

Intentó apartarse, pero él la seguía sujetando. No lo hacía con fuerza, aunque sí con firmeza, lo suficiente como para no poder alejarse.

Durante unos instantes, se preguntó si era peligroso.

Y entonces sus ojos volvieron a su aspecto casi humano y los colmillos volvieron a su tamaño relativamente normal.

—He estado en el pueblo con María José. Hemos llevado los huevos a los negocios.

La mirada de don Diego seguía fija en su hombro, concentrada.

—¿Alguien te ha tocado?

Rosa empezó a negar con la cabeza, hasta que recordó a Germán en el restaurante. Era ridículo. Se rio. No había sido más que un roce.

—Ni siquiera se puede llamar tocar a eso...

Él la acercó hacia sí y pudo ver algo en sus ojos que no había visto hasta ese momento: odio.

—¿Quién?

A Rosa le costó hablar. No era solo que le impresionara su mirada, sino que había tal intensidad en su voz que casi deseó que nada de todo aquello estuviera ocurriendo.

Había sido una ilusa al pensar que podría exigirle algo a esa criatura. Ni siquiera había tenido la oportunidad de preguntar nada y ya se sentía minúscula a su lado.

—Germán... no sé, no recuerdo el apellido.

—¿Germán Espinosa?

Rosa asintió.

Don Diego la soltó con suavidad. De pronto pareció cansado. Lo vio sonreír para sí, aunque más parecía un gesto de resignación que otra cosa.

—Cómo no —lo escuchó decir antes de tomarse el chupito de licor de hierbas de un sorbo—. Supongo que no podía ser de otra manera.

Luego, se quedó mirando a la luna llena, o lo que quedaba de ella. Y Rosa lo miró a él.

—¿Me lo cuentas?

—Hace unos trescientos años, año arriba año abajo... No pongas esa cara. Si pones esa cara desde el principio, ¿cómo voy a poder contarte el resto? Si voy a contártelo, tendrás que abrir la mente y el corazón y creer lo que voy a decir, porque te juro por esta tierra que es todo cierto. —Sonrió y uno de sus colmillos brilló a la luz de la luna—. Soy consciente de que algunas cosas de las que voy a decir van a sonar absurdas y otras van a parecer una locura, incluso a mí me lo parecen, pero he tenido trescientos años para aprender que la vida a veces no hay que intentar comprenderla, sino tomarla como es y vivirla. —Bajó la mirada al vaso vacío y suspiró—. Vivirla sin más.

Diego estaba acostumbrado a ver expresiones de descreimiento cuando contaba su historia, pero reconocía para sí que cada vez eran mayores.

Con los años, había perdido la esperanza de que aquello a lo que llamaba vida terminara, y hasta le había cogido el gustillo a su existencia, tras las múltiples crisis y las ganas de desaparecer, aunque eso no solía contárselo a las mujeres de la familia de Rosa. Las Florido eran fuertes y luchadoras, aunque puede que demasiado cabezotas, y a veces las cegaba el orgullo. No todas comprendían que a veces, sencillamente, uno ya no quiere luchar más. Que uno solo quiere dejarlo todo y desaparecer, dejarse ir.

—Es que, de verdad, ¿trescientos años? ¿Cómo voy a creerme algo así?

Diego volvió a llenar el vasito de la botella de licor de hierbas. Se había sentado en el suelo con las piernas cruzadas. Le gustaba sentir el calor del suelo. Suponía que era su parte animal. Lo prefería a cualquier silla.

—¿Te has creído que soy un gato durante el día? Pues créete lo de los trescientos años. Es sencillo.

Rosa bufó y dio un sorbito a su vaso de licor. Probablemente quiso decir algo, pero no lo hizo.

Ella era así en todo. Se contenía, aunque solo porque creía que debía hacerlo. Estaba deseando que llegara el momento en que se diera cuenta de que no tenía que hacerlo, que podía hacer lo que quisiera, como quisiera, que no necesitaba contentar a nadie más que a sí misma. Que para eso estaba allí.

—De acuerdo. Trescientos años.

—El obispado envió a un sacerdote y a un secretario al valle para investigar ciertos casos de brujería, aunque se sospechaba que no eran más que casos de histeria colectiva. Ermita del Valle no era por entonces más que una aldea, pero decidimos que nos instalaríamos aquí...

Rosa se levantó de la silla y dio una palmada justo ante su cara.

—¡No! Eso sí que no. ¿Brujería?

Diego rio por lo bajo. En eso también habían evolucionado los tiempos. Cuando contaba esa historia hacía solo cien años, las mujeres se santiguaban; ahora, Rosa se levantaba escandalizada y lo señalaba con el dedo.

—Brujería, sí. Pero te digo que ya sospechábamos desde el principio que no se trataba de nada de eso. Por entonces, igual que ahora, la gente se sugestionaba con facilidad y la mayoría de los casos investigados eran archivados por falta de pruebas. Unos pocos llegaban a los tribunales, pero casi todos quedaban en nada.

Pudo ver por su expresión que Rosa había detectado el detalle en sus palabras. «Sospechábamos».

Sí, él estaba allí.

Todavía recordaba su llegada al valle, cuando todavía creía en la justicia divina y no era más que un mocoso recién salido de una escuela donde le habían enseñado poco más que leyes y cómo aplicarlas, y poco de la vida.

—¿Eras un inquisidor?

Y ahí estaba, el miedo, la censura.

—No, era un secretario del obispado.

Lo cual no quería decir que no hubiera visto cosas deleznables. Había tomado nota de interrogatorios injustos y había presenciado torturas a mujeres y personas que poco tenían que ver con la hechicería. Pocas veces, es cierto, pero no se habían borrado de su mente.

Rosa había dejado el vaso de licor. Ahora estaba sentada, rígida, en la silla. Su postura había dejado de ser relajada y divertida y lo miraba con recelo.

—¿Qué hiciste para ser lo que eres?

Diego comprendió lo que había detrás de sus palabras. «¿Tu maldición es un castigo por algo horrible que hiciste? ¿Te lo mereces, desgraciado?».

Cogió la botella, aunque no tenía la intención de beber más. Sus dedos resiguieron el cuello de la botella y los ojos de Rosa, a su vez, siguieron sus dedos, como hipnotizados.

—Supongo que para llegar a eso tengo que hablarte del sacerdote al que acompañaba. Se llamaba Esteban. Esteban Espinosa.

—Joder...

Capítulo 16

Había salido de la universidad hacía un par de años, pero según mi madre seguía siendo un niño. Su niño.

Mi padre pensó que entrar al servicio de la iglesia sería una forma de madurar. Y de medrar. Hoy se diría que me enchufaron, y no sería faltar a la verdad.

El trabajo no era desagradable, aunque a mí me aburría. Consistía en escribir mucho y en escuchar incontables charlas aburridas, llenas de latinajos y términos que no terminaba de comprender, y en tomar nota de todo ello. También ejercía mucho de recadero, pero eso no me importaba, porque era mejor pasearse de aquí para allá que estar encerrado con ancianos aburridos y escuchar sus discursos sobre religión y demás cosas que no entendía y no me interesaban para nada.

El tiempo de estudiante me había servido para tener una buena caligrafía, un vocabulario aceptable y para gastar mucho dinero en vino y mujeres; poco más.

No me mires así. Tenía poco más de veinte años y dudo mucho que las cosas hayan cambiado desde entonces. Era joven, de buen ver y provenía de una familia de fortuna y con un linaje más que aceptable. Mi futuro estaba encaminado a encontrar un buen acomodo y a terminar en la corte o casado con alguna noble de alcurnia. No pertenecía a la clase pudiente y dirigente, pero mi familia estaba bien situada. Mal tenía que darse todo para que mi nombre no acabara entre los de los caballeros del rey, y en mi cabeza hacía planes de lo más floridos para cuando llegara ese momento.

Pero todavía faltaba tiempo para eso. Había pasado años entre libros, profesores, curas y otros chicos tan desesperados por pasar un buen rato como yo. Si no lo pasaba bien entonces, ¿cuándo iba a hacerlo?

Así que la noticia de que iba a ser el secretario, uno entre muchos, en un despacho destartalado de una de las sedes del obispado de mi ciudad, aunque *a priori* no me encantó, fue acomodándoseme cuando vi que las tareas no eran tan pesadas y que, entre encargo y encargo, podía dejarme caer en alguna taberna o pasearme por las plazas. Además, pensé, cada piedra hace camino para el triunfo.

Muy pronto caí en una rutina de lo más placentera. El resto de los chicos y yo nos dividíamos las tareas y corríamos a ser libres al terminar la jornada. Y puede decirse que nunca antes había sido tan feliz. Sin darme cuenta pasaron los años, hasta que mis padres pensaron que jamás llegaría mi oportunidad de aumentar mi fortuna.

Hasta que llegaron los rumores de que había un brote de brujería no lejos de allí.

No era inusual que esas cosas ocurrieran de vez en cuando, solo que no siempre el obispo tomaba cartas en el asunto del mismo modo. Digamos que, en ocasiones, la iglesia necesita ganar popularidad, y que lo hace a costa de gente inocente, y que en esta ocasión les tocó pagar el pato a las personas de este valle.

En realidad, ni siquiera llegué a saber lo que ocurría, solo que mis padres pensaron que me había pasado de la raya con las juergas y que un cambio de aires me vendría bien para enmendarme. Además, una buena caza de brujas siempre pinta bien en el currículo de alguien que quiere medrar en el futuro. Así que se las arreglaron para que mi nombre estuviera en la lista de secretarios escogidos para viajar con los sacerdotes y jueces enviados aquí.

No diré que fuera una alegría para mí.

Atrás quedaban la libertad, mis amigos y un trabajo que había acabado gustándome, más que nada porque no exigía de mí más esfuerzo que una atención somera y una apariencia de obediencia que no era real. En la sede del obispado caía bien porque era espabilado y no me metía en líos, y además siempre estaba presto a echar una mano si alguien necesitaba algo.

Aparte de que perdería mi cómodo puesto, había algo más que no me gustaba del hecho de partir en aquella peregrina misión. El sacerdote a cuyo cargo estaría no era santo de mi devoción.

El padre Espinosa tenía la apariencia de un querubín, lo que a algunos de mis compañeros les hacía mucha gracia. Era rubio, regordete y tenía unas mejillas siempre rojas que lo hacían parecer bonachón. También tenía unos ojos azules fríos que delataban un espíritu vacío. Solo que él se cuidaba muy bien de no demostrar esa característica en particular delante de sus superiores.

Si mis padres eran ambiciosos, la ambición de Espinosa era mayor que nada que hubiera conocido. Y, para lograr sus fines, que pasaban por ser obispo y después lo que viniera, era capaz de cualquier cosa. Y para ello había decidido empezar por acabar con todas las brujas que pudiera, fueran brujas o no. Para él eso eran detalles sin importancia. Una vez que tuviera la confesión en su mano, el obispo no tendría nada que decir al respecto y le daría lo que pidiera. Y qué decir del papa. Espinosa saltaba de gusto cuando imaginaba las alabanzas que recibiría cuando se supiera que había erradicado el mal del valle y, por consiguiente, de la región. Estaba convencido de que, después de ese éxito, se le encomendarían misiones mayores.

Cuando llegamos al valle su fama le precedía. Los habitantes de la zona nos miraban con terror, y él no disimulaba su placer por ello. Aprovechaba esa ventaja en los interrogatorios y no dudaba en amenazar con su futuro poder a cualquiera que se le pusiera por delante.

Oh, a mí también me amenazó.

No le gustaba que el hijo de un hidalgo le afeara su actitud, que aspirara a cargos que él creía que le pertenecían por derecho. Por derecho divino. Porque él no era de familia noble, pero su nobleza, según él, provenía de un poder superior, el de Dios.

Espinosa odiaba especialmente a las mujeres. Las odiaba y las temía. Y había algunas que no se arredraban ante sus amenazas.

Eso les valió dolor y muerte a algunas de ellas. Otras, como algunas de tus antepasadas, lograron escapar. El juez las exoneró. Y Espinosa no pudo perdonarlo. No paró hasta que pudo conseguir otra acusación.

Crees que no te cuento los detalles, pero los detalles no importan.

Quieres saber por qué soy como soy...

Volvamos a tus antepasadas.

No te sorprenderá que te diga que tus antepasadas estaban en el meollo de todo.

¿Eran brujas? No.

¿Les gustaba desafiar a Esteban Espinosa y a su mentalidad medieval? Por supuesto que sí.

Dalia Florido tenía una hija y una nieta y no había hombres en la familia, aunque eso no era algo inusual en la época. Tampoco es que lo necesitaran. Por entonces, aquí había animales y también campos, y se las apañaban para vivir bastante bien. No es que fueran ricas, pero vivían tranquilas hasta que llegamos con la acusación del obispado.

Alguien había acusado a Dalia de brujería y Esteban me mandó para entregarle la notificación para que fuera a declarar.

¿Que cómo era?

Fuerte.

Era capaz de hacerte temblar con una mirada. Además, recuerda que yo me creía muy hombre, pero no tenía experiencia con la vida real más allá de las mujeres de taberna y las chicas de ciudad, que me consentían porque era amable y generoso con ellas. Que una mujer se riera de mí cuando le ordené que se presentara en la alcaldía para declarar y confesar sus pecados hizo que me sintiera fatal.

En aquellos tiempos, el hecho de tener una acusación de brujería en la familia era una marca para el resto de los miembros. No solo suponía que todos serían interrogados, quizás torturados, sino que, si era declarada culpable, probablemente todos los demás lo serían. Y, si no lo eran, en el pueblo serían recordados siempre como los que un día fueron acusados.

En ocasiones, la gente se tenía que marchar para no volver. E incluso eran señalados allá adonde iban. Es posible que no contaran con los medios de comunicación que hay hoy en día, pero las noticias corrían también, y las malas corrían más que las buenas.

Cuando llegué, me sentí extraño y mareado, y hasta llegué a pensar que habían lanzado un conjuro sobre mí. Este lugar era precioso de un modo que me dejó deslumbrado y el efecto en mis sentidos me trastornó al punto de que me costó encontrar las palabras para dirigirme a las habitantes de la casa.

Aunque fue peor cuando vi a la nieta de Dalia, que me dejó todavía más deslumbrado. Casi diría que trastornado.

Mientras, a duras penas y sintiéndome completamente idiota, le notificaba a Dalia que había recibido una acusación de brujería por parte de un vecino anónimo, Azucena me observaba desde detrás de una ventana. Y yo no podía dejar de mirarla a ella.

Su abuela se dio cuenta, porque se rio y me dio una palmada en el brazo que tuvo mucho de gesto de lástima. De hecho, pareció más triste por eso que por la acusación, aunque eso no lo pensé hasta más tarde.

Cuando regresé al pueblo, pensé que no iría a declarar y que Espinosa las pagaría conmigo. Pero, para mi sorpresa, Dalia acudió. Y ya no salió del calabozo improvisado que había ordenado el padre Espinosa que se creara en las dependencias de un edificio destartalado.

Por favor, no me preguntes más acerca de eso. Solo te diré que todavía tengo pesadillas acerca de esos días.

Dalia era paciente y respondía siempre a las preguntas de Esteban, aunque apenas tenía nada que aportar.

Todos en el pueblo sabían que ayudaba cuando había alguien enfermo. Todos los vecinos acudían a ella cuando había una parturienta. Claro que sabía de hierbas y bebedizos. No, no sabía nada de la cabra de dos cabezas que había nacido en la granja de Pedro Puñales, el vecino que la había denunciado.

Día tras día, semana tras semana, tomaba nota de los interrogatorios y veía cómo Dalia languidecía mientras que Espinosa parecía cada vez más fuerte, como si fuera absorbiendo la vida de su presa.

También cada día Azucena y su madre acudían a traer alimento o ropa a Dalia, aunque no se le permitían las visitas. Solo de vez en cuando, cuando Esteban se ausentaba y regresaba a la ciudad, yo permitía que pasaran a verla, deseando que Espinosa no se enterase jamás de que estaba rompiendo la regla de aislamiento.

Yo sabía bien a qué se debían sus viajes a la ciudad, aunque no se lo decía a Azucena ni a su madre, y menos aún a Dalia, que conservaba ese humor suyo tan particular. Jamás se me habría ocurrido decirle que, mientras nos saltábamos todas las reglas, el padre Espinosa rogaba al obispo que condenasen a muerte a la que él consideraba la peor bruja del siglo. Tampoco era necesario, no era tonta y lo sabía de sobra.

—Don Diego —me decía siempre, conservando una sonrisa que a veces me irritaba—, eres listo como un gato y caerás de pie pase lo que pase. No sientas pena por mí.

Todavía bromeaba el día en que Esteban logró lo que deseaba.

La sentencia cayó sobre el pueblo como una losa.

Incluso el vecino que la había denunciado porque su cabra había nacido con dos cabezas se retractó, pero ya no sirvió de nada porque, como suele pasar, da igual cómo comienza la avalancha si las piedras ya están sobre tu cabeza.

Así quedó reflejado en el acta: Dalia Florido sería ajusticiada por los terribles pecados cometidos y conducida a la ciudad para que la sentencia fuera ejecutada.

La noche anterior a nuestra partida para la ejecución volví a caer en el vicio. No había probado el licor desde que había llegado al valle, en parte porque allí trabajaba mucho y siempre estaba agotado, pero también porque mis múltiples tormentos no me daban tregua. Y, sí, piensas mal y aciertas: estaba enamorado y estaba preocupado por Dalia, y no sabía cuál de estos males me hacía sufrir más.

Reconozco que bebí mucho, aunque no lo bastante como para no comprender lo que estaba ocurriendo.

Vi entrar a Azucena por la ventana y la vi acercarse a mí. Llevaba una botella de vino que dejó sobre la mesita. Después se deshizo de la ropa y apagó la vela. La noté contra mi cuerpo y sentí sus labios contra los míos.

Te ahorraré los detalles porque, como podrás imaginar, ella no sentía por mí lo que yo sentía por ella, pero quise engañarme. Además, reconozco que, en tales circunstancias, el hecho de que ella no me amase como yo a ella me dio bastante igual mientras pudiera tenerla entre mis brazos. Teniendo en cuenta lo que ocurrió, debo agradecer que al menos me dejara un recuerdo agradable.

Antes de marcharse, me dio una botellita y me dijo que se la diera a su abuela.

—¿Qué es? —pregunté con toda la inocencia del mundo.

—Un tónico. La ayudará a sentirse más fuerte en lo que le espera —dijo ella antes de besarme y desaparecer para siempre.

Por supuesto, no era un tónico. Yo quise creerla porque era idiota, la amaba y Dalia me caía bien. Jamás creí que fuera una bruja y no quería verla sufrir.

Supongo que siempre supe que era veneno.

Fingir que no ocurría nada y que todo era genial siempre se me había dado bien, incluso ahora. No te rías. Recuerda que era poco más que un niño a todos los efectos, a pesar de mi edad.

A esas alturas, el guardia me conocía bien y no le pareció raro que quisiera pasar a hablar con Dalia a solas.

—Tienes algo para mí —dijo nada más verme. No era una pregunta—. Gracias, don Diego. Serás recompensado. De algún modo. No te asustes si tarda. A veces las cosas buenas tardan mucho, pero siempre llegan.

Le pasé la botellita con el supuesto tónico y no me quedé para ver qué ocurría a continuación. Lo de la recompensa les habría encantado a mis padres, aunque les habría encantado todavía más que les hablara de algo tangible, como de un buen cargo o de oro. O, quizás mejor, una esposa noble con una buena bolsa.

En realidad, no sé cuándo lo tomó. Cuando llegué a mi alojamiento me sentí agotado. Me bebí un resto de vino que había dejado Azucena en un vaso y me sentí mareado. Al instante sentí que necesitaba dormir. Me pesaban el dolor de las últimas semanas, la sensación de que Azucena jamás me amaría, de que Dalia moriría porque no había hecho nada para salvarla, de que no tenía futuro. Cerré los ojos y me eché en la cama, mientras la cabeza me daba vueltas sin parar. No estaba acostumbrado a tener tantos pensamientos y tan profundos. Pensé que se trataba del vino, de la noche con Azucena, de pensar que tenía que regresar a la ciudad con Esteban Espinosa, a quien consideraba un monstruo.

Me tapé con una manta para dormir un poco y al despertar...

Capítulo 17

—Al despertar era un gato —acabó don Diego con la voz algo ronca.

Había hablado durante horas y se sentía agotado, aunque tranquilo por haber contado su historia al fin.

—¿Así, sin más?

Él enarcó una ceja.

—¿Es lo que crees?

—No lo sé. Me imaginaba que te habían lanzado un conjuro, un hechizo, qué sé yo —dijo Rosa, agitando las manos ante la cara y mirándolo con los ojos abiertos de par en par.

Don Diego rio y se levantó con ligereza. Se sacudió la tierra de la ropa y se estiró con aquella elegancia felina que conservaba incluso cuando recuperaba su forma humana.

—Después de tantos años, he tenido tiempo de pensar en todo tipo de teorías, y al final creo que me quedo con que Dalia me convirtió en gato para protegerme de Esteban. Lo que fuera estaba en el vino que me dio Azucena, por supuesto, pero Azucena me lo dio por orden de su abuela. Él se habría acabado enterando de lo que había hecho para ayudarla y me habría castigado.

Rosa asintió.

—Quizás. Pero eso confirmaría que era bruja.

Él se encogió de hombros.

—¿Y qué daño le hacía a nadie? Era partera, ayudaba con sus hierbas. Era una sanadora.

—Y te convirtió en gato... Si es que fue ella. Porque, como dices, fue tu amante la que te dio la pócima —añadió Rosa con un gesto de fastidio—. Una chica bastante... especial.

—Sí, lo era.

Don Diego apartó la vista de ella y la fijó en la luna, que ya había bajado en el horizonte. Debía de ser muy tarde, de madrugada.

—No diré que no haya maldecido esta vida a veces. Muchas. Pero también me ha dado cosas buenas. Os he tenido a vosotras, a las mujeres Florido.

—¡Oh, vaya!

Él hizo un gesto de fastidio al escuchar su tono.

—No te lo tomes a mal, pero vivir trescientos años en este valle debe tener alguna compensación.

—Y seguro que hay alguna Azucena por ahí dispuesta a romper el hechizo con un beso de amor —bromeó Rosa.

Don Diego bufó.

—No tiene gracia. Y hablando de cosas serias, quiero que tengas cuidado con Germán Espinosa. Los Espinosa no son de fiar y llevan siglos tratando de quedarse con estas tierras.

Rosa le dio una palmada en el brazo.

—Ya le he dejado claro que no quiero saber nada de él. Y deja de tratarme como a una cría. No eres mi guardián ni mi familia.

Él pareció a punto de decir algo, pero lo dejó estar.

De pronto, miró hacia el horizonte. El cielo había empezado a aclararse por el este. Al ver su expresión tensa, ella siguió su mirada.

—Hablaremos de esto mañana. O esta noche, más bien. Pero hazme caso, por favor.

Rosa sintió el impulso de retenerlo, porque sabía que estaba a punto de irse. Por un lado, tenía la sensación de que lo conocía mejor, pero también de que había perdido una noche entera.

Antes de que él pudiera alejarse, se acercó y lo besó, atrapándolo entre sus brazos antes de que escapase. Y le dio igual si aquello que sentía se debía a la maldita magia de la luna llena o a su historia. Bajo sus labios sintió un cosquilleo y una euforia desconocida, mientras él al fin se rendía, le devolvía el beso y la rodeaba con sus brazos.

Fue rápido, casi violento, mientras la luz crecía a su alrededor. Rosa sintió las puntas de sus colmillos rozándole la lengua, los labios, en una sensación rayana al dolor, aunque sin llegar a ello. Su boca sabía a licor de hierbas, aunque dudaba mucho que fuera solo por eso que se sentía embriagada. Mientras tanto, sus manos vagaban por su cuerpo, sin aventurarse jamás debajo de la ropa, como si no se atreviese a cruzar esa frontera.

Entonces, antes de que ella pudiera disfrutar de lo que estaba ocurriendo, don Diego salió corriendo hacia la cabaña y lo perdió de vista.

Rosa contempló el amanecer, agotada después de la noche pasada, sin saber qué pensar.

¿Era don Diego un villano o un valiente?

¿Su transformación en gato era un castigo o de verdad su antepasada lo había protegido así de la ira de Esteban Espinosa?

Al levantarse de la silla del porche se sintió algo mareada, aunque no supo si se debía al agotamiento o a las emociones. Se dirigió a la cama y se tumbó vestida. Se quedó dormida, allí atravesada, como si esa noche hubiera cruzado el desierto.

Durmió y descansó por primera vez en mucho tiempo. Sin sueños.

Cuando despertó, habían pasado las horas de calor y estaba anocheciendo otra vez.

Con sorpresa, vio que a la luna le faltaba un buen bocado. ¿Cuántos días habían pasado ya? ¿Cinco, seis..., siete?

Era incapaz de recordar cuántos días tenía el ciclo lunar y si ya no volvería a ver a don Diego esa noche, o si les quedaban una o dos noches hasta el siguiente mes. ¿O no funcionaba así? ¿Se convertía en humano cada luna llena o era solo una vez al año?

Ojalá no fuera tan estúpida y no se hubiera reído de ese asunto de la magia lunar. Ni siquiera le había preguntado ese detalle.

Descalza y con la ropa arrugada, corrió a la cabaña y lo llamó, aunque no sabía si ya era la hora de su cambio.

—¿Qué ocurre? ¿Estás bien?

Rosa corrió a sus brazos y don Diego la abrazó con fuerza. Solo llevaba puestas las calzas y tenía la piel caliente y suave, más que la de cualquier humano que ella hubiera tocado antes.

—He pensado que no te vería.

Pudo sentir su risa en el pecho.

—Si hay algo seguro en este mundo es que yo siempre estaré aquí.

Rosa se separó un poco. Se sintió un poco estúpida por su actitud. Apenas conocía a ese hombre y había corrido literalmente a sus brazos. A su edad, en su situación y con alguien como él, que ni siquiera era humano.

Él debió de notar su malestar, porque la obligó a mirarlo.

—No te sientas mal. Ya te hablé de la magia de la luna llena.

Rosa cerró los ojos y lo apartó.

—Esa magia no tiene nada que ver conmigo. Fuiste tú el que hizo... aquello.

Don Diego suspiró y terminó de vestirse.

—Podría decirte que sí, pero he tenido trescientos años para darme cuenta de que lo que fuera que hicieran tus antepasadas afecta al resto de las mujeres de tu familia. Hay algo en vosotras que se transmite, igual que el apellido. Aunque debo decirte que no funciona con todas.

Rosa dio un respingo, no tanto por sus palabras como por el tono en el que las había pronunciado.

—Es decir, que te has tirado a todas las mujeres de la familia.

—No.

—¡Ah, es cierto! Ya lo has dicho. No funciona con todas. Una lástima para ti, supongo.

—Haces que suene turbio y obsceno.

Rosa se apoyó contra la pared, solo para alejarse de él. Don Diego no hizo ningún amago de acercarse, aunque era evidente que quería hacerlo. Y ella quería que lo hiciera. Sentía una necesidad física de tocarlo, de sentirlo.

—Lo es...

—No, no lo es.

Rosa bufó.

—Si crees eso, puedes irte cuando quieras.

Rosa dejó escapar una risa desagradable y cascada.

—Claro, y también puedo vender todo esto al heredero de los Espinosa, que, por lo visto, no han sido castigados con una maldición.

Don Diego se acercó, aunque no llegó a tocarla.

—No puedes hacer eso —dijo, mirándola con intensidad. Sus ojos amarillentos brillaban a pesar de la penumbra—. Si lo haces...

Rosa levantó la barbilla.

—¿Qué? ¿Qué ocurrirá si vendo todo esto?

Él mostró las puntas de los colmillos y pareció que estaba a punto de gruñir, aunque al final se alejó.

—No lo sé. Eso es lo peor, que no lo sé. Hazlo. A lo mejor muero de una maldita vez y se acaba todo esto.

Rosa sintió algo en el pecho. El dolor que había en la voz de don Diego se había parecido mucho al que ella había sentido cuando Samuel la había engañado. Ella también había querido morir, solo que jamás había tenido el valor de pronunciar las palabras en voz alta.

Sintió deseos de abrazarlo, de calmar su dolor, de decirle que lo comprendía, pero vio que él apartaba la mirada, como si lamentara haber mostrado su vulnerabilidad ante alguien que, al fin y al cabo, no era más que una extraña.

Casi sin darse cuenta de lo que hacía, le tendió un cabo para asirse y salir de aquella situación.

—¿Qué se siente siendo un gato?

Don Diego rio.

—Bonita forma de cambiar de tema.

Rosa cerró los ojos y suspiró.

—Entenderás que no quiera hablar de magia ni de muerte. Además, tengo curiosidad.

Él le acarició la barbilla y la obligó a mirarlo. De cerca, no parecía tan joven. De hecho, pudo ver que tenía alguna cana dispersa en el cabello, aunque muy escasas. ¿Cuántos años se suponía que tenía? ¿Cómo corría el tiempo para él?

En sus ojos amarillentos leyó que no podía engañarlo con tanta facilidad. Aunque, para su sorpresa, tomó el cabo que le tendía y comenzó a hablar casi con pereza.

Capítulo 18

Al principio ni siquiera me di cuenta de que era un gato. Desperté y empecé a moverme. Sentí que no era yo mismo, es cierto, pero tardé un poco en notar que no veía las cosas del mismo modo. Pensé que Azucena me había drogado o que estaba enfermo. La llamé y lo que salió de mi boca fue un maullido. ¡Un maullido!

¿Estaba loco o estaba soñando?

Maullé y maullé, llamando a Azucena, hasta que ella acudió. En su cara no vi sorpresa por mi estado. Colocó ante mí una escudilla con leche y un poco de carne.

Quise preguntarle qué me ocurría, qué me había hecho, pero de mi boca solo salían ruidos extraños y ni yo mismo los comprendía. En mi cabeza eran palabras, pero estaba claro que al salir por mi boca no sonaban del mismo modo.

«Azucena, oh, Azucena». Ella me acarició y se rio.

Estaba furioso con ella y me escapé. A mi espalda, pude oírla llamarme, aunque me dio igual. Escapar era mi única forma de rebelarme por lo que me había hecho.

Al principio no sabía hacia dónde iba. Todo era extraño, enorme. Los sonidos eran diferentes y todo olía distinto. Tenía miedo, mucho miedo. Y quería salir de allí y recuperar mi vida.

Corrí y corrí.

Pasaron los días y conocí el hambre, el cansancio y el dolor cuando animales más grandes que yo me retaron. Sentimientos que no había conocido jamás, porque era un joven rico y caprichoso, de fortuna y con suerte, que siempre había tenido cuanto se le había antojado, sin ser consciente de lo buena que había sido mi vida por todo ello.

Animales más fuertes que yo me atacaron, me hirieron y tuve que luchar por mi vida, aunque pronto descubrí que, por graves que fueran mis heridas, la muerte nunca llegaba.

Llegué a considerar aquello el peor de los castigos. Porque yo no quería vivir así. Pasaron los días y me sentía cada vez peor y más confuso. Mis pensamientos y sentimientos a veces eran los de un humano, y a veces se perdían y eran puro instinto animal. Era todo muy extraño y no podía hablar con nadie de ello.

Jamás había estado tan solo.

Hasta que llegó la luna llena.

Ya desde la mañana sentía una energía distinta corriendo por mis venas. Algo nuevo se avecinaba.

Al anochecer, apenas podía contener mi inquietud. Había cazado, había bebido y había corrido para saciar el ansia que sentía dentro, pero todavía me sentía febril.

Me tendí en la orilla del río y esperé a que la frescura de sus aguas calmase mi inquietud.

Al principio no comprendí que había regresado al valle. En las semanas que habían transcurrido desde la muerte de Dalia y mi transformación había viajado, no sé si lejos o cerca, pero al final mis pasos me habían hecho regresar al origen de todo.

¿Que si duele?

Sí y no.

No es un dolor físico exactamente, como si te machacas un dedo. Es que no es comparable a nada que hayas experimentado en tu vida, lo siento. Es como... En realidad, no sé cómo explicarlo. En cierto sentido es como una explosión interna, o como una efervescencia, más bien. Sé que suena un poco ridículo, pero no sé qué decirte. Empieza con un hormigueo, luego va incrementándose y a ratos es casi insoportable, y de pronto ya está, vuelvo a ser yo.

Te juro que la primera vez pensé que me había vuelto loco. Y probablemente habría cometido una locura si Azucena no hubiera estado allí esperándome.

No disimules, he visto tu cara.

Por supuesto que estaba enfadado con ella, pero tienes que entenderla. Su vida no fue fácil después de la muerte de Dalia. Ella y su madre tuvieron que mantener la casa y las tierras sin apenas ayuda, y siempre tuvieron sobre sus espaldas el sambenito de la brujería.

No, no eran brujas...

Bueno, sí, me convirtieron en lo que soy, pero en realidad no sabemos quién fue ni cómo.

¿Sabes que eres una mujer de lo más descreída?

No, no soy un crédulo ni tengo complejo de salvador, sea eso lo que sea. Es solo que me gusta sentirme útil. De hecho, me encantaría ayudarte a sentirte mejor. Digas lo que digas, te sientes desgraciada y hacer el amor te haría sentirte mucho más feliz.

¡Oh, sí, ya ves que a mí también se me da bien cambiar de tema!

Al regresar, estaba furioso y aliviado, porque aquí tendría un techo y alguien con quien hablar. No sabes lo solo que me había sentido siendo un animal que tiene pensamientos humanos.

Sí, a veces es todo instinto, pero de vez en cuando soy yo. No todo el tiempo, pero sí de vez en cuando. A veces me apetece disfrutar de solo ser. Cazar, dormir todo el día, sentir el sol sobre el lomo y dejarme acariciar y mimar por una mujer hermosa. Otras, en cambio, no puedo evitar sentir que sigo ahí, que mi consciencia está presente, como la angustia de saber que no puedo expresarme.

Azucena me recibió, me preparó un baño y me cocinó mi primera comida humana en casi un mes. Me explicó que en adelante mi existencia sería así. La luna llena regiría mi vida y el valle sería el centro de mi existencia.

—Podrás salir de aquí y podrás viajar, pero al final siempre regresarás, porque tu alma ahora pertenece a este lugar —me dijo—. Mi abuela te ha concedido este don para que protejas este lugar y a esta familia, y vivirás hasta que cumplas tu misión.

Eso dijo, y no te negaré que me sonó grandilocuente y egoísta. ¿Por qué tenía yo que salvar a nadie cuando era un hombre común y corriente? Además, nadie me había preguntado si quería dedicarme a aquello.

Sin embargo, Azucena me había recibido con tanta amabilidad y parecía tan triste y sola, y a la vez sus palabras sonaban tan impresionantes, que me sentí importante, no te lo voy a negar. Me sentí elegido. De entre todos los hombres del mundo, me habían elegido a mí para protegerlas.

Quizás Azucena sí sentía algo por mí, después de todo.

Ahora puede parecerte estúpido, pero me sentí mejor y tuve menos miedo. Quizás, tener una misión en la vida, después de años de sentirme inútil, no era tan malo.

Además, lo de estar atado a este lugar, como decía Azucena, era algo que, como aprendí pronto, se podía interpretar de muchas maneras. Al principio me dio miedo, pero pronto me atreví a comprobar los límites, y vi que eran infinitos, o casi. Durante unos años casi puede decirse que, en cierto modo, fui feliz. Podía tenerla a ella, del modo en que ella se dejaba, y también podía viajar.

He conocido ciudades increíbles y visité a mis padres mientras vivieron, más que nada para que no pensaran que había desaparecido sin más por un embrujo, como se rumoreó durante un tiempo. Se sintieron decepcionados de que decidiera abandonar lo que ellos consideraban una carrera exitosa por una vida tranquila en el campo, pero se sintieron felices de que hubiera conocido a una buena mujer y me estableciera. Evidentemente, nunca supieron la verdad y murieron muchos años después, creyendo que se habían equivocado conmigo.

Con el tiempo, reconocí hasta dónde puedo jugar con los límites de este don, o maldición, lo que sea, y aprendí a manejarme. Me debilito si paso mucho tiempo fuera del valle, como si mi energía se fuera acabando, y nunca soy más fuerte que cuando estoy aquí. De vez en cuando viajo, pero aquí me siento bien y vivo tranquilo.

Sí, supongo que hay gente que me ha visto, aparte de las Florido. Sería absurdo pensar que he pasado tan desapercibido como para que nadie me haya visto jamás. Esto es pequeño, pero no tanto. María José, por ejemplo, es una mujer observadora, y creo que me ha visto de lejos en varias ocasiones, aunque nunca he hablado con ella. Me cae bien y Hortensia la quería mucho.

Vamos, no te guardes la pregunta más incómoda. A estas alturas, no voy a ofenderme.

No, no he sido el amante de todas tus antepasadas. No soy un... No sé ni cómo expresarlo. Fui el amante de Azucena y de alguna más de tus familiares. No, no te voy a decir de cuántas porque, cuando ocurrió, fue de modo natural y no lo busqué. No las acecho como un... pervertido... hasta que caen en mis brazos.

No, no es mi destino satisfacer sexualmente a las mujeres Florido, no sé de dónde sacas algo tan absurdo. La magia de la luna llena no es solo sexual y no se trata solo de sexo.

Rosa, no, déjalo, por favor.

De acuerdo, te diré que algunas de ellas tenían familia y otras no. Que a veces se sentían solas o necesitaban un amigo. En ocasiones surgen atracciones que no se pueden controlar y otras veces todo quedaba en una bonita amistad. Ha ocurrido alguna vez que las habitantes de la casa y yo ni siquiera nos caíamos bien y el contacto era muy limitado, y en esas épocas pasaba mucho tiempo fuera de aquí. No me gusta imponer mi presencia cuando no es deseada. Aunque no lo creas, mi encanto no es infalible.

El hecho de haber tenido unas cuantas relaciones en trescientos años no me parece descabellado. En todo caso, ha sido una vida más bien solitaria.

No lo sientas, no es culpa tuya.

No, tampoco puedes hacer nada para romper el hechizo, si es que es un hechizo. Otras antes que tú se empeñaron en ello y no hay nada que romper.

Rosa, ven, ¡es inútil! Lo hemos intentado tantas tantas veces...

Capítulo 19

—Tiene que haber un cuaderno, un libro, algo...

Rosa había corrido desde la cabaña hacia la casa y había empezado a rebuscar entre las pilas de libros del salón.

Don Diego la había seguido y la contemplaba, con un hombro apoyado en el quicio de la puerta. Por un lado, le parecía tierna su preocupación, pero no sabía cómo decirle que otras, antes que ella, habían examinado esos libros —y otros anteriores a ellos— sin encontrar absolutamente nada sobre el bebedizo que había usado Azucena. Por otro lado, le apetecía sacudirla para obligarla a escucharlo. ¿Para qué tanta pregunta si luego no atendía a sus respuestas?

—Ni pócimas, ni jarabes, ni hierbas, ni libros. Azucena me dijo que ella no había hecho nada, que se había limitado a darme lo que había preparado su abuela, y yo la creí.

—Claro, porque era una persona de lo más fiable.

Don Diego rio al escuchar su tono de fastidio.

—Sí, y era muy guapa también.

—Por supuesto. Cómo no.

—Fue Dalia la causante de todo esto, y no dejó instrucciones de uso más allá de lo de la luna llena. Créeme, con el tiempo te acostumbrarás, igual que yo.

Rosa gruñó y alzó los puños al cielo. Él pensó que aquello estaba empezando a dejar de ser divertido. Fuera lo que fuera lo que había convertido a Rosa en ese manojo de nervios y frustración, merecía todo su odio y desprecio.

—No quiero acostumbrarme a nada. Quiero acabar con ello. Todo, todo, me oyes, tiene remedio.

Don Diego se agachó a su lado y le tomó una mano. Se la acarició hasta que los nudillos se le relajaron.

—No, no todo tiene remedio, y no pasa nada. Y ahora, vamos a cenar.

—No sé cómo puedes estar tan tranquilo.

Don Diego masticó con calma lo que tenía en la boca antes de responder.

—He tenido trescientos años para asumir que esto es lo que hay. Tú solo has tenido una semana. Ya he llorado, gritado y me he peleado bastante contra mi destino sin que cambiara nada. Un día pensé que podía tener su lado bueno, así que decidí aprovechar las ventajas de cada parte de mi existencia.

Rosa bebió un trago de agua, como si necesitara ese tiempo para pensar.

—Yo me habría muerto.

—Y yo quise hacerlo. Mil veces, o más. Pero no puedo.

Lo miró. A pesar de su sonrisa, había mucho dolor y tristeza en sus ojos. Por eso esquivaba su mirada.

—Diego...

Él sonrió. Era la primera vez que lo llamaba por su nombre.

—No sientas lástima por mí. Yo me basto para eso. Además, recuerda que no tiene remedio.

Rosa levantó las manos y dio una palmada.

—Eso todavía está por ver. No me conoces y no sabes de lo que soy capaz.

Diego suspiró. Había tenido esa misma conversación con otras mujeres antes que con ella y, hasta ese momento, nunca habían descubierto nada. Sin embargo, esta vez no quiso desilusionar a Rosa. Por primera vez desde que había llegado, había un cierto brillo en sus ojos.

—De acuerdo —concedió.

Terminaron de cenar prácticamente en silencio, aunque no se les hizo pesado. Recogieron la mesa, fregaron los utensilios y se sentaron en el porche.

—Tenemos sillas de sobra. ¿Por qué te sientas siempre en el suelo?

—¿Y por qué no te sientas tú aquí conmigo? A veces me recuerdas a tu madre, siempre tan tiesa y correcta.

Rosa dejó la silla y lo miró desde arriba. Se dejó caer con torpeza a su lado. Se retorció, incapaz de encontrar una postura cómoda. No sabía qué hacer con las piernas, si estirarlas o doblarlas bajo sí. No sabía cómo colocar los brazos. Le dolía la espalda y se le clavaban piedrecillas por todas partes.

Don Diego estiró los brazos y la acomodó entre sus piernas. La obligó a apoyar la espalda contra su pecho.

Ella trató de escapar.

—En esto también te pareces a Flora. Eres incapaz de relajarte.

—No es cierto. Hay cientos de cosas que me relajan.

Notó su risa contra el cuerpo.

—Dime qué cosas te gusta hacer para sentirte feliz.

—Leer, por ejemplo, o escuchar música.

—No, dime qué es lo que te gusta de verdad.

Rosa cerró los ojos. Algo le estaba ocurriendo y no quería dejarse ir. Debía de ser la maldita magia de la luna llena. Allí estaba, en lo alto, aunque en realidad ya no estaba llena del todo. Era preciosa y parecía contemplarlos.

—Tejer... No, en serio, me gusta. Pero lo que más me gusta es esculpir. En madera, sobre todo. Y en piedra. Aunque hace mucho tiempo que no lo hago.

—¿Por qué?

En la voz de don Diego solo había curiosidad. No la juzgaba, no la culpaba. Era probablemente la primera vez que alguien la trataba así.

—Porque empezó a doler.

No fue consciente de que se iba recostando más y más en él a medida que hablaba de Samuel y de la tienda, de cómo aumentaban sus ausencias, sus desplantes y las peleas.

—Cada vez vendía menos piezas mías y las iba arrinconando en el almacén, hasta que me enteré de que las que estaban expuestas eran las de su..., bueno, su amante. La historia más vieja del mundo. Aunque eso lo supe más tarde. Lo siento, lo estoy contando fatal.

—Cuéntalo como quieras.

Rosa calló durante un buen rato. Se estaba bien así. De todas formas, quería contárselo. No solo porque él le hubiera contado su historia, sino porque no la juzgaba y se sentía bien al hablar de ello.

—No sé si te ha pasado alguna vez, pero hay ocasiones en que empiezas a sentirte invisible. Te he dicho que Samuel tenía una amante, pero ya me sentía así para cuando lo supe, ya había perdido la confianza en lo que hacía. Lo cierto es que nunca me sentí lo bastante buena en lo que hacía y no me importó cuando me dijo que iba a dejar de vender mis esculturas en la tienda. Casi lo agradecí. La tienda se mantenía gracias a las piezas de cualquiera antes que de las mías y Samuel me decía que iba mejor que antes. A mí me gustaba pensar que aportaba algo. Hasta que me hicieron ver que no era así.

Don Diego cruzó uno de sus brazos sobre su pecho. No fue un movimiento sensual, pero ella se sintió mucho mejor al instante. Apoyó la cabeza en el hueco entre su hombro y su cuello y cerró los ojos.

—Espero que al menos fuera breve.

—Librarme de él debería haber sido un alivio, pero la cuestión es que me costó mucho verlo.

—Lo siento mucho.

Rosa emitió una risa amarga.

—No te disculpes, no es culpa tuya.

—Tampoco es culpa tuya, así que deja de sentirte mal por él.

Rosa rio. Y esta vez hubo un deje de amargura en su voz.

—Aunque no lo creas, me pasa cada vez menos. Es solo que ya conoces a mi madre. Me culpa por...

por todo, supongo. Y la terapia tampoco ayudó demasiado... Supongo que no soy una persona fácil.

Don Diego no se dejó engañar por su tono de burla hacia sí misma. En efecto, conocía lo bastante a Flora y lo mucho que le gustaba comparar a sus dos retoños. Mientras que Juan era un triunfador, padre de familia y buen esposo, Rosa había fracasado en su negocio y su matrimonio. Y además era escultora, algo que Flora jamás podría respetar ni comprender en mil años.

—Cuando Samuel me dijo que no hacía falta que fuera a la tienda todos los días, me sentí aliviada. Verlo hablar con todo el mundo mientras que a mí solo me rezongaba y reñía por todo era doloroso. Pensé que me echaría de menos si no me veía todo el tiempo. Hasta que dejó de venir a cenar. Y después empezó a viajar por trabajo. Como comprenderás, mi madre supo antes que yo lo que ocurría, pero me culpó por no saber mantener a mi hombre contento. No éramos el matrimonio ideal, pero era mejor tener ese marido que no tener ninguno.

—Cómo no.

—Y un día Samuel me dijo que me dejaba y que sería mejor que quedáramos como amigos. Como amigos, eso dijo. ¿Cuándo habíamos sido amigos Samuel y yo? Me pidió la tienda y yo cedí. Al fin y al cabo, era él el que la había llevado los dos últimos años. Yo no quería saber nada de ese lugar. Sentí alivio por no tener que volver. No estaba en condiciones de llevar el negocio yo sola. Llevaba meses sin pisar apenas ese sitio y, tanto él como mi familia, llevaban tiempo diciéndome que había estado a punto de llevarlo a la ruina. Debería estar feliz de librarme de ello, solo que...

—Crees que se lo pusiste demasiado fácil.

Rosa sintió que los músculos se le ponían rígidos.

—Los últimos años de mi vida he sido un pelele en las manos de los demás. Me siento inútil.

Agradeció que él no dijera nada. Era inútil que lo dijera, porque no cambiaría el hecho de que había estado dormida y se había dejado manejar por todo el mundo sin luchar. Porque dolía demasiado oponerse y pensar, porque era más fácil dejarse llevar, pero también porque era muy cómodo decir después que nada era su culpa.

—¿Has pensado quedarte una temporada? Por experiencia, te digo que este lugar cura.

Rosa suspiró y giró la cabeza lo justo para mirarlo. Sintió que don Diego había pronunciado las palabras que necesitaba escuchar en ese momento. No sabía si ese lugar poseía el poder para curarla, pero ella necesitaba poder creer en algo, y decidió creer en él y en el valle.

—Todavía no lo he decidido, pero no hay nada ni nadie en la ciudad para mí ahora mismo.

Él no dijo nada, se limitó a besarla con suavidad, sin ningún deseo de pensar en el alivio que sintió al saber que no la perdería.

Capítulo 20

Rosa siempre había sentido vergüenza de sí misma. De su forma de caminar, de su voz, de su aspecto físico y de su estilo, o de su falta de él.

Su madre era hermosa, elegante, y su hermano era inteligente y siempre acertaba al hablar. Su padre, en contrapunto con ellos, era divertido.

En cambio, ella era torpe, estúpida y una metepatas. Samuel siempre le sonreía y le acariciaba el pelo como a un cachorro cuando hacía algo mal y tenía que solucionar sus tonterías y sus fallos. Pero hasta él se había cansado y había encontrado algo mejor.

A Diego no parecía importarle que no se hubiera peinado, que no se hubiera duchado, que tuviera unas ojeras enormes y que hiciera preguntas tontas todo el tiempo. Es más, parecía divertirle su forma de razonar, aunque sin duda debía de llevar trescientos años explicando lo mismo, una y otra vez.

Pero lo más extraño era que la besaba como si fuera hermosa. La acariciaba con suavidad por encima del camisón, sin prisa, sin presionarla, sin urgirla a darle placer. Quería que ella decidiera hasta dónde llegar. Hubo un momento en que tanta ternura empezó a ser un poco ridícula.

—Deja de ser un caballero.

Él rio.

—Lo siento.

Fue un poco extraño que se disculpase hasta por eso, aunque Rosa comprendió que era una especie de tic.

Diego se levantó y le tendió una mano. Fue un poco decepcionante que no la llevara en brazos a la cama, pero aquello habría sido demasiado hasta para ella.

—Si yo dejo de ser un caballero, tú deja de pensar —le murmuró él junto al oído mientras deslizaba las tiras del camisón por sus hombros.

—Es muy fácil decirlo.

—Tengo la receta ideal para eso.

Diego sonrió y la empujó sobre la cama. Le sonrió desde arriba y empezó a desnudarse.

Rosa, rebotando todavía en el colchón, rio y se apoyó sobre los codos. Por primera vez en su vida, no sintió vergüenza por sentirse expuesta ante un extraño. De hecho, disfrutó de un modo perverso al ver la admiración en sus ojos.

Diego se tumbó al fin junto a ella, completamente desnudo. Su preciosa cola la rozó a la altura de la cadera y la sensación de su tacto fue electrizante. Al cabo de unos minutos, su cerebro solo pudo concentrarse en él, y hasta olvidó lo extraño que era que él tuviera una cola larga y peluda, los dientes un poco puntiagudos y los ojos rasgados. Se olvidó por completo de su familia, de sus problemas y de la luna llena.

* * *

—Queda poco para el amanecer.

—Todavía es de noche.

Rosa tenía los ojos prácticamente cerrados y su voz sonaba grave y pesada, y a Diego le encantaba verla así.

—Créeme, tengo algo de experiencia en esto.

Ella hizo un mohín y escondió la cabeza en su hombro.

¿Cómo iba a explicarle que podía notar la energía corriendo por su cuerpo, como si ardiera? Era placentero, era doloroso. A veces estaba deseando que ocurriera, y otras, como en esa ocasión, odiaba cada segundo.

—Ten cuidado con Germán Espinosa. Estuvo con tu tía el día en que murió.

Notó cómo ella despertaba de golpe.

—¿Quieres decir que la mató?

—No. No lo sé. Solo sé que estuvo aquí y que su olor estaba en su cuerpo cuando la encontré.

Se revolvió al notar los primeros signos del cambio. No quería que ella lo viera. Se levantó de la cama y se dirigió a la puerta.

Rosa lo miró sin entender lo que ocurría. Entonces, el primer rayo de luz del amanecer entró por la ventana y pareció comprender.

—Recuerda, ten cuidado.

Rosa tardó un rato en comprender lo que había ocurrido. En apenas unos minutos, había pasado de sentirse feliz y relajada a estar sola y aturdida, sin saber lo que ocurría.

Diego había desaparecido y ahora era otra vez el gato desabrido que rondaba por la casa. ¿Cómo podría mirarlo y prepararle su comida en el comedero después de la noche que habían compartido?

Y lo de que había encontrado a Hortensia muerta con el olor de Germán Espinosa impregnado en su cuerpo...

Que ella supiera, su tía había muerto... En realidad, no sabía nada de su muerte. Lo único que sabía era que había heredado esa casa y las tierras. Y nada más. Ni siquiera se le había ocurrido preguntar por las causas de su muerte, si estaba enferma o si había sido de repente. En todo caso, si hubiera habido algo sospechoso en el asunto, habría habido una investigación, su familia sabría algo, ¿verdad?

Y, sobre todo, Germán Espinosa no andaría suelto por ahí.

Aunque no era la primera vez que los miembros de su familia se iban de rositas después de haber cometido crímenes atroces.

Si lo pensaba, ni siquiera sabía cómo ni por qué estaban en el valle después de lo que había hecho su antepasado. Y no lo sabría hasta la próxima luna llena.

Gimió y se recostó en la cama. Todavía olía a Diego y a los dos juntos.

Cogió la almohada y hundió la nariz en ella.

Se negó a pensar en qué hacer. Era demasiado temprano y era demasiado duro después de lo que había ocurrido.

Sin darse cuenta, volvió a dormirse.

Cuando volvió a despertar, fue como si el otoño hubiera llegado de golpe. Sabía que era absurdo, porque solo estaban a mediados de agosto, pero había refrescado tanto que tuvo que ponerse una de las chaquetas de Hortensia, porque estaba temblando.

Quizás fue impresión suya, pero la casa parecía más vacía de lo habitual. No había ni rastro de don Diego. Era extraño pensar que esa noche no lo vería, al menos en su forma humana.

Realizó sus labores diarias con la sensación de que algo no cuadraba del todo.

¿Cómo se podía vivir así?

¿De verdad se podía vivir con naturalidad, cuidar de las gallinas, destilar licor de hierbas, cuando supiera hacerlo, tejer y limpiar la casa, y lo que fuera que hiciera su tía el resto del día, y aceptar que una semana al mes, solo una semana al mes, don Diego estaría en su vida, sonriendo y charlando como si nada?

Y luego estaba aquello de que Germán Espinosa había estado con su tía el día de su muerte y su olor estaba en ella.

Iba camino a casa de vuelta del gallinero cuando se detuvo de golpe. Su primer impulso fue ir a hablar con Espinosa, aunque luego pensó que no podía hacerlo. No podía presentarse ante un hombre y acusarle de haber hablado con su tía abuela el día de su muerte. Si era cierto, y no podía obviar que don Diego había insinuado algo más que una charla, Germán Espinosa no iba a admitirlo. Por otra parte, le había prometido que iba a tener cuidado, y presentarse en su casa sola no era tener cuidado, precisamente.

Sin embargo, había algo que sí podía intentar averiguar sin meterse en líos.

Llegó a casa y llamó a María José.

—Sé que te pido un favor enorme, pero ¿podrías encargarte de todo durante un par de días?

—Claro, no hay ningún problema. ¿Ha pasado algo?

Rosa dudó sobre qué decirle. Esa mujer había sido la mejor amiga de Hortensia, pero no sabía hasta qué punto conocía los secretos de su familia.

—Tengo que volver a la ciudad para recoger ropa y algunas cosas que necesito si voy a quedarme.

La escuchó reírse al otro lado de la línea telefónica.

—Me alegro de que hayas decidido eso. Hortensia se sentiría feliz de saberlo.

Antes de seguir hablando, Rosa dudó.

—¿Puedo pedirte algo ridículo?

—Puedes pedirme lo que quieras, guapa.

A Rosa le tembló la mano con la que sostenía el teléfono.

—Dile a don Diego que volveré y que tendré cuidado.

Para su sorpresa, María José no se rio.

—Se lo diré. Vete tranquila.

Rosa sintió que los ojos se le llenaban de lágrimas a su pesar.

—Muchas gracias.

Su amiga, porque ahora estaba segura de que podía considerar a María José como tal, no dijo nada. Hablaron unos minutos más sobre detalles nimios y sobre el tiempo, y después se despidieron.

Cuando colgó, Rosa se sentía más tranquila.

Mientras preparaba una bolsa de viaje, pensó que echaría de menos la casa. Su casa. Solo había pasado allí poco más de dos semanas, pero era el único lugar donde se había sentido casi feliz y había podido ser ella misma.

Capítulo 21

Poco antes de mediodía, llegó al que había sido su apartamento durante algo más de seis meses.

Nada más entrar, le pareció que era un lugar donde no había vivido nadie. No en realidad.

Sí, estaba lleno de libros, de objetos y había ropa aquí y allí. También había fotos y cuadros, y también algunas de sus esculturas más pequeñas, pero en el fondo parecía vacía. De hecho, tenía la sensación de que, si hablaba, le respondería el eco de su voz. Era como su buzón, solo había facturas y propaganda, apenas nada personal.

Había pasado allí, prácticamente encerrada, esos seis horribles meses, llorando y gimiendo, sintiéndose la última mierda, y apenas había dejado huella entre sus cuatro paredes. Solo un pequeño hueco en el sofá y en el colchón.

Dejó la bolsa en el dormitorio y fue a la cocina. En la puerta de la nevera tenía colgado de un imán con forma de pera el teléfono de la inmobiliaria de su hermano. Ni siquiera lo había guardado en el teléfono, igual que el del terapeuta que había visitado en contadas ocasiones, antes de darse cuenta de que no la estaba ayudando, aunque, ahora se daba cuenta, la culpa no era de él.

Era muy consciente de que, en cuanto avisara de que iba a cancelar el contrato de alquiler, iban a avisar a Juan de sus intenciones y de que no tardaría en presentarse allí, pero le dio igual. Semanas atrás, la sola idea de una trifulca familiar la pondría de los nervios. Ahora sabía lo que quería y nadie iba a hacerle cambiar de opinión.

La persona que la atendió en la oficina de la inmobiliaria no trató de convencerla de que se quedara. Al fin y al cabo, ellos no perderían dinero, más bien al contrario. Además, se quedarían con un piso libre y ganarían la pasta de los meses de contrato que le quedaban. De no tener la casa del valle, Rosa se quedaría literalmente en la calle y sin un duro. En cuanto lo supieran, tendría que escuchar un buen sermón de su madre y los demás, estaba convencida.

Acordó la cita para firmar la liquidación del contrato de arrendamiento y se preparó algo para comer con lo poco que quedaba en la nevera y en los armarios. Se pasó por casa de la vecina para decirle que ya no sería necesario que cuidara de sus plantas, porque iba a mudarse. Por suerte, ninguna echaría de menos a la otra.

Ese apartamento nunca le había gustado, y no era solo por su tamaño, como siempre decía su madre. Había algo de claustrofóbico en él. O quizás era solo que se había acostumbrado a su silla en el porche, a salir a pasear hasta el riachuelo y a su gallinero, al verde de la hierba bajo los pies y a ver el cielo cada noche, sin farolas y sin ruidos de coches.

Ni siquiera había terminado de comer cuando llegó Juanito.

Se cuidó mucho de gritarle o de mostrarse enfadado. Aceptó un café y se sentó con ella en el sofá, aunque estaba visiblemente incómodo. Estaba claro que la Rosa que estaba ante él no era la hermana débil que se había marchado a la casa del valle hacía solo un par de semanas.

—Me han dicho en la agencia que quieres liquidar el contrato.

—Te han dicho bien.

Juan sonrió y dio un sorbo al café, aunque hizo un gesto de desagrado ante el amargor del líquido y dejó la taza en la mesita. Por lo visto, su madre tampoco había conseguido que a él le gustara sin azúcar. Por desgracia, tendrían que tomarlo así, porque no quedaba nada dulce en todo el apartamento.

—Ya sabes que, si te arrepientes, podemos retener el papeleo un tiempo. No hay nada definitivo hasta que lo firmes.

—No quiero que retengas nada. Al revés.

—Pero vas a perder mucho dinero. No creo que te lo puedas permitir ahora mismo. Piénsalo bien. —Juan juntó las manos ante la cara como si no hubiera más que hablar—. No te preocupes por nada. Tienes suerte de que soy el jefe y puedo encargarme de ello en persona. No es que sea muy legal, pero nadie tiene por qué enterarse de que lo hemos parado.

Rosa dobló las piernas y las subió al sofá. Ese era el único mueble cómodo de toda la casa y había pasado horas infinitas ahí tumbada, mirando al techo. A veces había llegado a pensar que la encontrarían ahí, muerta. Y el peor pensamiento de todos había sido que su familia se sentiría aliviada al enterarse, porque solo les daba problemas.

Ahora su hermano le ofrecía la ayuda por la que había suplicado durante meses. Ahora que ya no quería nada, él le tendía la mano. Se reiría si, en el fondo, no fuera tan triste. ¿Dónde estaba esa generosidad cuando le pidió que hablara con Samuel para que le permitiera seguir trabajando en la tienda, aunque fuera cuando él no estuviera presente? No. La respuesta siempre había sido no. Rosa tenía que madurar y comprender cuándo su presencia no era deseada y cuándo había que cerrar ciclos. Aquella tienda nunca había sido una buena idea ni un buen negocio. Algún día comprendería que era mejor dejarlo.

Y ahora era ella la que se negaba a escuchar sus consejos.

—No, cuanto antes esté arreglado, mejor.

Juan pareció arrepentido de haber dejado la taza en la mesa. No sabía qué hacer con las manos y tampoco era capaz de mirarla a la cara. No estaba acostumbrado a que le llevaran la contraria, y menos ella.

¿Siempre había sido así o nunca se había dado cuenta de que su hermano no la conocía en absoluto y estaba acostumbrado a manejarla como una marioneta?

—No sé si sabes lo que supone trasladarte a un lugar como ese. No hay servicios mínimos ni... de nada. No es lo mismo ir unos días de vacaciones que irte a vivir allí para siempre. ¿De qué vas a vivir? ¿Qué harás si te pones enferma? ¿Qué va a ser de tu carrera?

Rosa estuvo a punto de escupir el café que tenía en la boca. Dejó la taza en la mesa al lado de la de su hermano. Le dio igual, de todas formas, estaba odiando cada sorbo.

—¿Cuándo te has preocupado por mi carrera? Tenía una y me dijiste que había sido un error desde el principio.

—Rosa...

Ella levantó una mano y lo acalló.

—Puede que esté equivocada, o puede que no. Y, si estáis en lo cierto, estaréis muy felices cuando vuelva con el rabo entre las piernas a suplicaros clemencia y un plato de sopa. Mientras tanto, dejadme en paz.

Juan se levantó con torpeza y la miró desde lo alto.

Rosa contempló su tripita y su papada, sus mofletes enrojecidos por la indignación. Pensó que debería sentir pena por estar teniendo esa discusión, pero se sentía viva por ser capaz de enfrentarse a él por primera vez, sin miedo y sin lástima por sí misma.

—Eres idiota y estás desperdiciando una oferta estupenda de vender la propiedad y vivir cómoda durante años. Podrías esculpir lo que quisieras y tirarte a la bartola. Pero no, nunca haces caso de los buenos consejos de los que te quieren y saben mejor lo que te conviene.

Rosa también se levantó al escuchar la alusión a la oferta de compra de Germán Espinosa. En el caso de que algún día se le ocurriera vender la casa y las tierras, él sería el último a quien se las vendiera, aunque eso no se lo iba a explicar a su hermano.

Además, casi se le escapó una risa al escuchar la alusión a la escultura a la misma altura que tirarse a la bartola. Sin duda, para él debían de ser similares a nivel de horror y vacío espiritual. Todo lo que no aportara dinero instantáneo y beneplácito social para su familia era poco menos que encerrarse en una cueva y tirar la llave, desperdiciar su vida adrede. Que justo él hablase de que ellos eran los que más se preocupaban por ella debía de ser un chiste, porque jamás la habían comprendido ni apoyado.

Inspiró hondo y llenó su mente del recuerdo de su casa, de su riachuelo, las chaquetas coloridas de la tía Hortensia, de los manojitos de lavanda debajo de las almohadas, de los cafés con María José después de recoger y preparar los huevos y del olor de la piel de Diego.

—Te sorprenderías de lo cómoda que es la vida en el campo. Está llena de sorpresas y aventuras.

Juan enrojeció todavía más y pareció a punto de decir algo, pero calló y al final le dio un beso seco.

—No quiero que nos peleemos.

Rosa se sintió mal apenas unos instantes.

—Yo tampoco. Solo quiero que respetes mis deseos y te alegres por mí.

Él no dijo nada y bajó la mirada. A Rosa le dolió que él no pudiera fingir siquiera alegrarse por su decisión. Parpadeó un par de veces para alejar las lágrimas. No quería llorar, y menos en su presencia. Por suerte, Juan no pareció darse cuenta de ello.

—Mamá me ha dicho que quiere que vayas a cenar esta noche, si puedes. Vamos a ir todos.

No era una petición, eso quería decir. Era una orden.

Rosa asintió y lo despidió en la puerta, feliz de poder quedarse sola al fin.

Volvió al sofá y se tumbó. Cerró los ojos y echó de menos el aroma del campo, el ruido de los insectos, los pájaros y hasta el ronroneo de don Diego. Era una lástima que no hubiera llevado consigo una botella de licor de hierbas para olvidarse de lo dura que era la vida en la ciudad.

Con suerte, en un par de días estaría de vuelta en casa.

—Has adelgazado.

Rosa no se sorprendió del seco saludo de su madre nada más trasponer la puerta de su casa.

Jamás recibiría de ella un halago gratuito, así que se limitó a presentarle una mejilla para que se la besara y a sonreír. Se había puesto un vestido holgado y una de las chaquetas de tía Hortensia, porque había refrescado al anochecer. No se había maquillado y se había limitado a recogerse la melena oscura en una coleta en lo alto de la cabeza, haciendo que los ojos de su madre se empequeñecieran a modo de censura.

Su padre le puso una copa de vino en la mano que no llegó a probar antes de dejarla en la mesa del comedor. Regresaría a casa en coche en cuanto se pudiera librar de ese compromiso y no quería beber. Manuel le dio un beso y volvió junto a Juan, que le daba la espalda y parecía muy concentrado mientras charlaba con su Luisa y alguien más a quien no llegaba a distinguir.

Rosa no sintió la necesidad de acercarse a ellos. Paseó por el salón, ajena al resto, pero sin sentirse mal por ello. Solo unas semanas atrás se habría sentido sola y triste por el hecho de que nadie fuera a hacerle compañía, abandonada. Ahora agradecía la soledad para pensar en sus cosas.

Se acercó a la librería donde su padre guardaba su colección de libros de arte. No era un amante de la escultura, pero le gustaban los libros bonitos y caros. Decía que vestían un salón como Dios manda.

—Seguro que solo los has abierto tú, conejito.

Rosa tragó saliva.

Hacía muchos meses que no escuchaba esa voz.

Se giró para mirar a Samuel. Samuel, que la había expulsado de su vida como se expulsa a los malos espíritus.

Sin embargo, ahí estaba, en el salón de sus padres, como cuando todavía vivían juntos y la paseaba por delante de su madre, señalando su peinado o el vestido que le había elegido para la ocasión, porque, sin él, ella iría hecha un adefesio. Y era cierto, como atestiguaba su aspecto esa noche.

—Hola —dijo Rosa.

¿Qué iba a decirle? No se le ocurrió otra cosa.

—Hola, conejito —respondió él, repitiendo aquel apodo absurdo que ella siempre había odiado. Y, por supuesto, lo hizo con aquella sonrisa que sabía que la hacía temblar.

Y Rosa tembló, como lo hacía siempre, porque todavía tenía ese poder sobre ella, aunque lo odiaba. Era guapo, era elegante y lo había amado durante mucho tiempo, y había cosas que el cuerpo recordaba sin que una pudiera hacer nada para poder evitarlo.

Samuel llevaba una de aquellas camisas blancas que le quedaban tan bien, en contraste con la piel tostada por el verano. También llevaba un collar que ella había creado para él, con un dije tallado en piedra con forma de estrella. Era curioso que lo llevara esa noche.

—Tienes buen aspecto.

—Tú también.

Mentía. Rosa había mejorado con respecto a los últimos meses, pero decirle que tenía buen aspecto era mentir. Mejorar, sin embargo, no era tan difícil, si pensaba que había estado en el fondo de un agujero y ahora empezaba a asomar los dedos por el borde. Era muy consciente de que no estaba en su mejor momento y él no estaba ciego. De hecho, sus ojos no podían ocultar el repelús que le daba el atuendo que había escogido y no podía ocultarlo del todo. Él, que era tan elegante siempre, cómo iba a aprobar aquello. Claro que Samuel era un experto en eufemismos.

Estaba demasiado delgada, hacía siglos que no pisaba una peluquería y su piel estaba deslustrada. Además, iba vestida como su tía Hortensia.

Y ahí estaba ese maravilloso ejemplar de hombre diciéndole que tenía buen aspecto.

Se rio y se sintió más ligera que en mucho tiempo. De hecho, se sintió curada de los últimos restos de amor que le quedaban por él, o casi. Comprendió que estaba en el camino de algo muy distinto, y que solo podía ser mejor que lo que tenía delante.

—Me han dicho que has heredado una casa en el campo.

La sonrisa de Rosa se amplió.

—Sí —respondió, porque supuso que tenía que decir algo.

Samuel la miraba de forma extraña, como la había mirado Juan ese mediodía. Supuso que se preguntaba qué le ocurría al trozo de arcilla que antes se derretía entre sus manos.

Vio cómo su hermosa sonrisa vacilaba.

—A lo mejor tu madre te ha dicho que ya no estoy con..., bueno, con ella. Son unos momentos complicados para mí. —Lo vio bajar la mirada, aunque volvió a mirarla enseguida. No quería perderse su expresión, que él esperaba que fuera de lástima y, quizás, de esperanza—. Me gustaría hablar contigo un día de estos.

Rosa miró por encima de su hombro. Hacía rato que quería escapar de allí, aunque lo tenía complicado.

Su madre y Juan los miraban con poco disimulo.

¿Qué venía ahora? Una escena de arrepentimiento, quizás. La historia más vieja del mundo delante del público con menos escrúpulos.

—Volveré a casa en cuanto pueda. Solo he venido a arreglar unos asuntillos —dijo, tratando de cortar aquel melodrama.

Samuel dio un respingo.

—¿A casa? Tu hermano me dijo que ibas a venderla.

—No.

Samuel enrojeció. Su piel no adquirió un tono uniforme ni encantador, sino que se le formaron ronchas rojizas en las mejillas y pareció que había enfermado de sarampión.

—Creía que habías recibido una buena oferta. Nos vendría muy bien para ampliar el negocio. Justo había pensado...

Rosa levantó una mano y la colocó en su mejilla enrojecida. Por suerte, él calló.

Ese gesto la habría excitado en otros tiempos, pero ahora le sorprendió no haber visto antes que Samuel era un gilipollas redomado. Le pareció que los meses que había pasado sumida en un duelo terrible habían sido bien gastados si le habían servido para deshacerse de él para siempre.

—Pero, querido, olvidas que me echaste del negocio. Tengo una firma que lo acredita.

Él emitió un sonido a medio camino de un gemido y un gruñido.

—Pu...

—Shhhhh... —Rosa le puso un dedo sobre los labios—. Recuerda quién jodió a quién primero. Y ahora, vas a recordar de golpe que tienes un compromiso en otra parte. Despídete de todos como un niño bueno y lárgate. Adiós, Samuel.

Rosa sintió una satisfacción sobrehumana cuando vio a Samuel escabullirse de casa de sus padres tras haberse despedido de forma apresurada.

Nadie dijo nada, aunque todos sabían que algo había ocurrido entre ellos. Solo que, por primera vez en su vida, Rosa no se avergonzó de haberle plantado cara, aunque su familia estuviera delante y todos creyeran que estaba equivocada.

Capítulo 22

Para sorpresa de Rosa, la cena transcurrió con calma.

Juan y su madre monopolizaron la conversación, como era habitual en ellos, charlando de la inmobiliaria, de Juanito y sus notas excelentes y lo bueno que era jugando al fútbol. Su padre, Manuel, se limitó a contar alguna anécdota graciosa que todos rieron. Luisa, la esposa de Juan, sonreía y asentía sin aportar gran cosa, y Rosa esperaba a que alguien sacara el tema espinoso de su idea de trasladarse al campo.

No fue hasta la hora del postre que Flora la miró con los labios apretados, incapaz de disimular más tiempo.

—Samuel no lo está pasando bien. No creas que es fácil para él pedirte ayuda.

Rosa sintió un remolino de rabia en el pecho.

¿De verdad su madre le estaba diciendo eso?

Inspiró hondo hasta que sintió que la presión cedía. Al fin alzó la mirada para mirarla. Su madre jugueteaba con la cuchara de postre mientras destrozaba el pedazo de tarta de crema que no iba a probar.

También miró a los demás. Todos la miraban, muy atentos a su reacción.

—Lo siento mucho por Samuel, pero ya no tengo nada que ver con él y con el negocio.

—Pero tú adorabas ese lugar...

Su padre, que jamás opinaba sobre nada, que nunca hablaba si no era para decir nada gracioso, la miraba como si no comprendiera lo que estaba ocurriendo.

Rosa se metió un trozo de tarta en la boca y comenzó a masticar. Despacio, muy despacio, para desconcierto de su familia. Cuando no quedó ni una sola miga en la boca, bebió un poco de agua, aunque conservó la copa en la mano.

—¡Oh, sí! —respondió, con una sonrisa algo triste—. No sabes lo que me gustaba la tienda cuando la monté. Y me habría encantado luchar por ella cuando Samuel me dejó por otra mujer después de ponerme los cuernos durante años. Pero vosotros me dijisteis que era mucho mejor que se la cediera, que no tenía sentido que insistiera en seguir allí. —Clavó en su madre una mirada que hizo que Flora vacilara un instante. Fue una vacilación muy breve, pero su madre jamás había dudado, así que fue una sensación maravillosa—. Si tanto creéis que merece la pena y tanto apoyáis su arte para las ventas, podéis ayudarle vosotros.

El silencio en la mesa fue tan apabullante como un coro wagneriano, y Rosa disfrutó su victoria.

Se comió el resto de la tarta mientras esperaba a que alguien reaccionara.

—No te costaba nada ser educada.

—Lo he sido. No lo he mandado al infierno donde él me tuvo durante meses, por no hablar de lo que fue perder el negocio de mis sueños y mi matrimonio. —Rosa levantó el tenedor para zanjar el tema—. Y ahora dejemos a Samuel y hablemos de cosas importantes. ¿Alguien sabe de qué murió la tía Hortensia?

Su madre parpadeó, incapaz de comprender lo que estaba ocurriendo. Se levantó de la mesa y se dirigió a la cocina.

Rosa la siguió.

La encontró amontonando platos en el fregadero. Aunque tenía lavavajillas, le gustaba fregarlos antes porque en el aparato jamás quedaban lo bastante pulcros para sus estándares. Se había puesto unos guantes de goma hasta más arriba del codo y rascaba con saña los restos sobre un cubo de basura.

—No voy a disculparme por lo de Samuel.

Rosa sonrió.

—Tampoco lo esperaba.

—Una madre tiene que hacer lo que tiene que hacer.

Y, al parecer, una madre primero debe alejar a una de su marido y después intentar que vuelva con él solo para que no se vaya a vivir al campo, aunque sea en contra de su voluntad.

—¿Por qué odias tanto esa casa?

Flora rascó todavía con más fuerza un plato. Rosa pensó que, si seguía así, la vajilla corría riesgo.

—No sabes lo que es criarse en un lugar como ese, perdido de la mano de Dios, entre bichos y garrulos.

Rosa no podía imaginarse a su madre de niña en Ermita del Valle. Había visto fotografías suyas de niña, pero para ella eran como imágenes de otra persona. Flora de niña era alguien muy diferente a la persona elegante, delgada y seria que tenía delante.

—Pero en algún momento serías feliz allí.

Su madre la miró durante apenas unos instantes antes de volver a los platos.

—No es un sitio para ti. Créeme. Acepta la oferta de Germán. Es un buen hombre.

Por supuesto. No podía ser de otro modo. Espinosa y su madre se conocían. Sin embargo, no era eso lo que quería saber.

—¿Estaba enferma?

—La verdad es que no lo sé. La tía Hortensia y yo nunca nos llevamos bien.

Eso no era ninguna sorpresa para Rosa. No había más que ver sus fondos de armario para comprenderlo.

—No quiero que te enfades conmigo y que creas que no escucho lo que dices, pero voy a quedarme allí una temporada.

Flora le dio la espalda con la excusa de empezar a llenar el lavavajillas. Rosa pudo comprobar la rigidez de su espalda.

—Te arrepentirás pronto.

Hubo algo en el tono de su madre que hizo que Rosa se pusiera en guardia.

—¿Por qué lo dices?

—No creas que no recuerdo esas tonterías de la magia de la luna llena —le espetó Flora con ironía—. Se te pasará la obnubilación y volverás a casa, aquí estará tu familia, como siempre, para recoger tus lágrimas y los pedazos de tu corazón roto —añadió con saña.

Rosa enrojeció y sintió deseos de salir corriendo.

No pudo replicar porque su padre entró en la cocina a buscar a sus chicas.

—¡Espero que no estéis discutiendo, queridas!

—No..., no, claro que no.

Flora la miró de un modo que la hizo enmudecer y Rosa se escabulló al salón, donde Juan y su esposa ya se preparaban para marchar. Ella aprovechó la ocasión y huyó también, con la sensación de victoria hecha añicos.

Rosa firmó el cese del contrato de alquiler y se encontró con que tenía que regresar a la casa del valle, aunque ya no sentía ninguna urgencia para hacerlo.

Las palabras de su madre la noche de la cena la rondaban como un enjambre de avispas venenosas, y no dudaba ni por un instante de que esa había sido justo su intención. Lo malo era que no podía preguntarle, ni a ella ni a Diego, qué había querido decir. Su madre aprovecharía para tratar de convencerla de que se quedara, de que volviera con Samuel, y a saber qué más.

Y Diego...

Todavía quedaba casi un mes para la próxima luna llena. ¿Y qué le iba a decir entonces? Ya sabía por él mismo que había tenido relaciones con otras mujeres de la familia y que había conocido a Flora. ¿Por qué no iba a ser su madre una de las mujeres a las que había enamorado? Al fin y al cabo, su madre era de carne y hueso, aunque se esforzase mucho por disimularlo.

Dudas, dudas y más dudas.

Se suponía que se había rehecho a sí misma y que no iba a dejar que eso volviera a suceder. Sin embargo, a las primeras de cambio, se tambaleaba por un comentario lleno de malas intenciones.

Llamó a María José para anunciarle que regresaría al día siguiente y para disculparse por haberse retrasado más de lo que pensaba.

—Tampoco pensaba que fueras a volver en dos días, como dijiste.

—¡Vaya! Gracias por la confianza.

María José rio al otro lado de la línea telefónica, aunque sin malicia.

—No, es solo que conozco a tu madre.

Rosa leyó entre líneas lo que su amiga no había dicho, que era una artista de la manipulación.

Si lo pensaba, cuadraba que se conocieran. María José debía de ser algo más joven que su madre, y en un pueblo como Ermita del Valle, como solía decirse, todo el mundo se conocía. Otra cosa era que Flora se dignara reconocerlo.

—Te lo contaré cuando esté ahí. —Dudó un instante antes de preguntar—: ¿Qué tal todo?

—Bien, tranquila. Don Diego está tristón y anda como un alma en pena, pero seguro que se anima en cuanto sepa que vuelves.

Rosa sintió un vuelco en el pecho a su pesar. Sabía que era absurdo. El propio Diego le había dicho que cuando tomaba la forma de gato no sentía ni pensaba como cuando era humano, al menos no todo el tiempo, pero no podía evitar sentirse feliz de que la echara de menos.

—Gracias por cuidar de todo.

—De nada, ya me lo pagarás con la receta secreta del licor de hierbas.

Rosa rio y recordó que le había prometido la receta cuando la encontrara. Y eso le recordó, a su vez, que no había rebuscado bien ni en la caseta ni en la casa.

Se despidió y terminó de empaquetar la ropa y todos los objetos que había acumulado en los meses que había vivido ahí. Por suerte, algunos ni siquiera los había desenvuelto al mudarse y solo tendría que remitirlos a la casa del valle tal cual, lo que le ahorraría un montón de trabajo.

Dedicó especial cariño a sus libros de arte y a las piezas que había colocado por toda la casa, esculturas pequeñas en piedra, madera y arcilla que había esculpido con mimo y lo habían significado todo para ella en su momento. Ahora le parecían algo ajeno. Las rozó con los dedos y algunas las envolvió con las manos, sintiendo todavía la calidez o la frescura de los materiales contra la piel, esperando revivir las ganas de crear.

Pero la chispa no surgió.

Era como si algo hubiera muerto con ella cuando Samuel la abandonó.

Amaba su arte, por supuesto, aunque ya no sentía ningún deseo de crear nada nuevo.

Quizás algún día ese fuego volviera a sus manos. Por lo pronto, ese vacío en su mente y en su corazón ya no le provocaban sufrimiento como hacía unos meses. Su alma estaba en calma y solo pedía descanso.

Después de contactar con la empresa que se haría cargo de enviarle sus objetos y cajas a casa, salió a dar un paseo para despedirse de la ciudad.

Tal vez echara de menos los parques, ordenados y llenos de colores domesticados, pero no a las miles de personas que lo abarrotaban todo.

Estaba deseando regresar a la calma y al verdor salvaje de su riachuelo y sus campos.

Solo cuando se hubo acostado, pensó que tal vez debería haber avisado a su familia de que se iría al día siguiente.

Capítulo 23

Había pasado una semana fuera de allí y le pareció que habían sido meses. Al regresar, tuvo la abrumadora sensación de que tal vez no volviera a salir del valle jamás. Y no le importó lo más mínimo.

Aparcó en la plaza, junto a la iglesia de Ermita del Valle, y se tomó un café en el mesón, con Luis y Sofía, que estaban en un momento de descanso antes de empezar a preparar los menús de mediodía.

Aunque solo estaban a finales de agosto, se empezaba a adivinar el otoño en las hojas caídas por todas partes y en el aire más fresco proveniente de la sierra. La luz también era distinta a cuando había llegado. Más dorada, menos brillante. La gente, se fijó, ya no la miraba como a una extraña y la saludaban por su nombre. También ellos daban por sentado que se quedaría allí.

—Has vuelto.

Rosa no tuvo que girarse para darse cuenta de que se trataba de Germán Espinosa. Sofía se había levantado de golpe y había estado a punto de tirar el café. Su padre, más comedido, solo se había erguido en la silla.

—He vuelto —respondió, obligando a su cuerpo a no reaccionar, aunque le costó no hacerlo.

—Ya que te has levantado, niña, tráeme un carajillo, anda.

Sofía corrió a por la bebida y Germán ocupó su sitio. Luis se levantó sin que se lo pidieran. Era evidente que se avecinaba una conversación privada.

—Te voy a ahorrar el discurso: mi respuesta sigue siendo no.

Germán levantó las manos en el aire. Rosa pensó que no parecería inocente ni aunque fuera vestido con una túnica blanca, llevara unas alas de angelito y un halo.

—Ya me quedó claro que no tienes intención de vender... todavía. Pero soy un hombre muy paciente.

Rosa bufó y no dijo nada. Se limitó a sorber su café y a evitar mirarlo directamente. No podía olvidar lo que Diego le había dicho acerca de que había captado su olor en el cuerpo de su tía. Sin duda, su olor era característico. Incluso ella, con su olfato menos desarrollado, podía captarlo. No era desagradable, ni mucho menos. Podría decirse que era atrayente y animal. Almizcleño.

—Nuestras familias tienen una larga historia en común. Seguro que ya te han llegado los cotilleos.

Rosa lo miró al fin.

—Si te refieres a que tu antepasado quiso quemar a la mía y que causó su muerte..., sí, tenemos una larga historia en común.

Germán enrojeció un poco, más por el hecho de que lo dijera de un modo tan directo que por los hechos en sí.

—Eran otros tiempos. Luego Esteban se arrepintió. No sé si sabes que volvió al valle y dedicó toda su vida a ayudar a los pobres y necesitados. Dejó el sacerdocio porque vio que la iglesia no era tan justa y divina como pensaba. Se enamoró y se casó con una mujer a la que sacó de la pobreza y de ahí proviene mi estirpe.

Rosa empezó a aplaudir de un modo lento y sonoro. Germán enrojeció todavía más, y esta vez la furia asomó a sus ojos.

—Qué preciosa historia. Lástima que no viera lo injusto que era lo que hacía antes de matar a Dalia y a saber a cuánta gente más.

—Él no mató a nadie directamente.

Ella se encogió de hombros.

—Ya..., eso dicen muchos para poder dormir por las noches —replicó mientras clavaba sus ojos en él con toda la intención del mundo.

Germán se levantó. Al hacerlo, empujó a Sofía, que llegaba justo en ese momento con el carajillo.

El café se derramó sobre su camisa, pero a él no pareció importarle.

—Todas sois iguales. Unas...

Rosa sonrió y le guiñó un ojo.

—Dilo, tranquilo. ¿Unas brujas? ¿O ibas a decir otra cosa?

Él se largó, enfurruñado y maldiciendo para sí.

—No deberías cabrearlo así. Es un cabrón con mucho poder —dijo Sofía mientras limpiaba los restos de carajillo de la mesa y las sillas.

Rosa se encogió de hombros.

—Y lo divertido que es, ¿qué?

Sofía no pudo evitar reírse con ella.

Según se acercaba a la casa, notó una emoción extraña. No era solo urgencia por llegar cuanto antes, sino que había una cierta angustia por lo que encontraría allí. ¿Le habría ocurrido algo a la casa en su ausencia? ¿Estaría todo tal cual lo había dejado?

Un alivio enorme se instaló en su pecho cuando vio el tejado irregular y lleno de hierbajos intacto tras un repecho. Luego, la fachada, con sus marcas y sus manchas. Más allá, el portón verde, su porche con su silla y su mesilla, como si la estuvieran esperando. Y allí, sentado al sol, don Diego, tan hermoso y digno como siempre.

Se sintió algo ridícula cuando notó que las lágrimas le caían por las mejillas. Se quedó ahí parada, dentro del coche, aferrada al volante, contemplando su hogar, llorando como una magdalena.

Su hogar.

Cuando salió al fin, vio a don Diego entrar en la casa, con la cola en alto, como si ya hubiera cumplido su cometido de recibirla.

—Maldito mamón engreído —murmuró, aunque con una sonrisa—. Yo también te he echado de menos.

Lo siguió y pensó que así debía ser. Aquella era su casa y él era su guardián.

Esa noche invitó a cenar a María José y a su familia, a la que todavía no conocía, para agradecerle todo lo que hacía por ella.

—De paso, me echarás una mano para buscar la dichosa receta.

—Sabes que es una broma, ¿verdad? No voy a obligarte a que me des una receta secreta familiar.

Rosa suspiró y pensó que no debería tener que explicar aquello, pero lo hizo de todas formas.

—No hay nadie que lo merezca más que tú. Desde luego, no hay nadie en mi familia que la merezca, así que calla y no vuelvas a decir nada así. Te espero a las siete o cuando quieras. ¿De acuerdo?

María José se presentó a las cinco para ayudarla con los preparativos, aunque Pedro y los niños, le dijo, vendrían a las ocho para cenar. La encontró recién levantada de la siesta y confusa por verla allí tan temprano.

—Pues ya que estás aquí, aprovechemos el tiempo y empecemos a buscar.

Pasaron un par de horas ojeando libretas y cuadernos llenos de anotaciones, y marcaron recetas de guisos, compotas y remedios caseros. Había material de sobra para componer libros de recetas y de hierbas medicinales. Hortensia también usaba aquellos cuadernos a modo de diario. En medio de una receta hacía comentarios sobre el tiempo, algún problema de salud y, de vez en cuando, sobre la familia.

Rosa vio desfilar por las páginas de los cuadernos amarillentos a muchos miembros de su familia, incluso a sí misma durante los veranos que había pasado allí.

Rodillas despellejadas curadas con emplastos de caléndula, fiebres tratadas con saúco y miles de catarros sanados a base de infusiones de manzanilla con miel.

Y el secreto familiar anunciado a gritos. Diego esto, Diego lo otro... Unas veces con cariño, otras con evidente rabia.

... Diego cree que no me doy cuenta de que vuelve a tardar demasiado en volver. Aunque la luna sabe que no puedo atarlo a mi costado. Me

gustaría que supiera que puede decírmelo si quiere irse... Al fin y al cabo, sabe bien que los dos estamos condenados a volver a esta tierra una y otra vez. Él volverá, igual que yo volví después de...

—¿Has encontrado algo?

Rosa levantó la vista del cuaderno que estaba leyendo y recordó que estaba buscando la receta del licor de hierbas de su tía Hortensia.

—Nada. ¿Y tú?

—No, pero tengo al menos cien recetas de mermeladas, por si te sirven de algo. No creo que haya fruta suficiente en el mundo para hacer tantos tarros de compota.

Rosa rio.

—Podríamos dedicarnos a eso, si diera dinero.

—No lo da si tienes que comprar la fruta, pero sí si tienes árboles frutales. Ahora que vas a quedarte, podríamos volver a plantar el huerto. ¿Sabes que tu tía tenía un huerto fabuloso hace años? Lo abandonó cuando se quedó sola aquí y empezó a ser demasiado mayor para cuidarlo en condiciones, pero nosotros podemos ayudarte, si quieres.

Rosa quiso decirle que no tenía ni idea de huertos, como no la tenía de huevos ni de nada, pero María José parecía tan entusiasmada con la idea que asintió casi sin darse cuenta.

—No tienes por qué asentir a todo solo porque yo lo diga.

Rosa enrojeció de golpe. No podía olvidar lo que acababa de leer.

Al parecer, su tía se había ido en algún momento y luego había vuelto. ¿Qué la había hecho irse y qué le había ocurrido para hacerla regresar?

—No, es solo que...

—Es solo que estás abrumada y no sabes qué hacer con tu vida. Y yo no dejo de darte ideas. Pero no tienes por qué decidir nada ahora, de verdad. Ten claro esto: es tu vida y debes decidir tú.

—¿Te contó Hortensia por qué se quedó aquí?

María José suspiró y bajó la libreta que estaba leyendo. Durante unos instantes, pensó que no iba a responder, aunque luego comenzó a hablar, en voz muy baja primero. Luego fue afianzándose a medida que hablaba.

—Se marchó con tu madre y con tu abuela Margarita a la ciudad cuando ellas se fueron, supongo que eso lo sabes. Vivió allí una temporada con ellas —comenzó, con un tono de voz más bien seco. Rosa no pudo imaginarse a Hortensia en la ciudad, pero intentó hacerlo—. Por lo visto, servía en una casa, aunque no duró mucho tiempo en el puesto. Luego empezó a trabajar de costurera y le gustó más, aunque trabajaba muchas horas. Al menos podía hacer algo bonito y creativo, y eso la hacía sentirse mejor. Y conoció a alguien en el taller donde trabajaba, pero no me habló mucho de ella.

Rosa sintió una punzada en el corazón. El hecho de que su tía abuela hubiera amado a una mujer y también a don Diego no le sorprendía. De hecho, le cuadraba que fuera una persona abierta y capaz de darlo todo, sin mirar a quién lo daba.

—En esa época no debió de ser fácil y, evidentemente, no acabó bien. Volvió aquí y no volvió a salir del valle más que para los funerales, como ella solía decir. Pasara lo que pasara en la ciudad, hizo que dejara de hablarse para siempre con su hermana, tu abuela. No hablaba mucho de ello, pero le dolió siempre que no se solucionara el asunto. Hizo lo posible por no perder el poco contacto que le quedaba con la familia, aunque a Flora le molestase. No quería perderos a ti y a tu hermano.

Rosa cerró los ojos mientras sentía que se le llenaban de lágrimas.

—Espero que al menos fuera feliz.

María José sonrió.

—Sí, creo que sí. A veces recibía sus cartas, ¿sabes? Nunca supe quién era o si tu tía le escribía de vuelta, pero una vez vi al cartero entregándole un sobre amarillo, y eso significaba que era de ella, y esos días ella siempre parecía más... tranquila. No sé cómo explicarlo. Era como si se sintiera satisfecha con su elección. Pero no me hagas caso, soy una romántica con mucha imaginación.

Rosa inspiró hondo y dejó el cuaderno para coger otro. Leyó, o más bien fingió leer, durante unos instantes.

El ejemplo de su tía le pareció increíble. Siendo joven había perdido un amor imposible y se había refugiado en esa casa. Su caso no era el mismo, pero sentía que ese lugar, igual que para Hortensia, era un refugio que la había recibido con los brazos abiertos.

—No quiero parecer tonta ni indecisa.

—Y no lo pareces. Solo pareces alguien que ha sufrido mucho y a quien no le han dejado hacer nada por gusto.

Le habría gustado replicar a eso, pero no pudo hacerlo. María José había visto mejor en ella que nadie que la hubiera conocido.

—Me gustaría poder decir que no es cierto.

María José se acercó y la abrazó.

—Lo que tienes que hacer es descansar y tomar mucho aire fresco. Y cuando quieras y estés preparada, pensaremos qué hacer.

Rosa asintió, sintiéndose estúpida a su pesar. Tenía la sensación de que siempre había alguien diciéndole lo que debía hacer, aunque fuera con buena intención.

—¿Qué te parece si preparamos la cena y dejamos la búsqueda para otro día?

De regreso a casa, Rosa se dio cuenta de que la hierba había crecido mucho en los alrededores de la casa. Nunca se había parado a pensar en cómo se hacía el mantenimiento del césped y el pasto de las tierras.

—Algunos contratan a alguien para que se lo corte de vez en cuando. O alquilan un tractor. Luego la hierba se vende como pasto para el ganado. ¿Quieres que pregunte si alguien quiere encargarse del mantenimiento? No me cuesta nada. También puedo preguntar si alguien puede prestarte el tractor unas horas.

Rosa no se imaginaba a sí misma conduciendo un tractor por sus campos. De solo pensarlo, le entraba la risa tonta.

—Creo que todavía puedo esperar un poco antes de intentar hacer un *rally* entre la hierba —dijo entre risas—. Hasta que no me cubra la cabeza, supongo.

María José también se rio y le cogió el brazo para arrastrarla hasta la casa.

Capítulo 24

Sus pertenencias llegaron unos días después. Para entonces, ya había recogido los objetos que no le interesaban de su tía en uno de los dormitorios para hacerles sitio a sus cosas.

Don Diego ocupó una de las butacas para contemplarla mientras colocaba sus libros en las estanterías del salón.

—Te estás librando de una buena.

El gato maulló en respuesta. Casi pudo escuchar una risa en su voz.

Dedicó una semana a organizarlo todo, consciente de que apenas tenía otra cosa que hacer.

Salía con María José a repartir los huevos y después comían juntas a veces. Luego limpiaba o colocaba algo a su gusto, tomándose su tiempo. Así, distribuyó sus esculturas por el vestíbulo, el salón y los dormitorios. También colocó una en el porche, en un tronco cortado que arrastró hasta allí y usó a modo de pedestal.

La casa cambió, aunque, en esencia, siguió siendo la misma. Seguía oliendo a hierbas, a lavanda, a madera antigua, a piedra. Jamás sería la casa más bonita del mundo y tampoco tenía las mayores modernidades, como televisión o microondas, pero ya no podía pensar en otro lugar como su hogar. De todas formas, pensó, tampoco echaba esas cosas de menos. Poco a poco, se acostumbró a cocinar comidas sencillas con productos frescos, a retomar pequeños placeres como leer un buen libro o escuchar música en un tocadiscos que había encontrado en uno de los dormitorios, o simplemente estar en silencio, descansando y pensando en sus cosas.

Mientras trasladaba los libros y la ropa de su tía Hortensia a los dormitorios que no usaba, los había hojeado y había encontrado notas, como en los cuadernos que había en la cabaña. No había ni rastro de la receta del licor de hierbas, pero sí pudo atisbar rastros de su personalidad.

Le pareció una mujer divertida y abierta, nada que ver con la vieja amargada que le habían dicho que era tanto su hermano como su madre.

En ocasiones, después de cenar, se sentaba en el porche con sus cuadernos, que había trasladado desde lo que ella llamaba, con toda la ironía del mundo, la destilería. Desde que había llegado septiembre, el otoño ya se notaba por las noches y tenía la sensación de que muy pronto el frío haría que ya no pudiera salir a tomar el aire fresco con tanta tranquilidad. Por el momento, se envolvía en una de las chaquetas de Hortensia y disfrutaba del silencio y la calma, del lejano sonido del riachuelo, e inspiraba hondo.

Mientras tanto, don Diego se acurrucaba a sus pies y dormitaba o fingía hacerlo. Nunca estaba segura de eso.

... que siga aquí es algo que él se sigue planteando como una maldición, aunque diga que

no. Se ha creído eso de que tiene una misión que cumplir, aunque yo no lo tengo tan claro. Y él también duda. A veces lo veo en sus ojos. Solo que teme que su vida, esta vida eterna, no signifique nada y solo sea una tomadura de pelo de Azucena. Creo que somos como dos viejos que esperan el descanso eterno y encontrarse con su amor en el más allá, y que se conforman con lo que hay aquí por el momento, porque no nos queda otra, aunque eso suene odiosamente cristiano y santurrón...

... Hemos tenido nuestra discusión anual, aunque él dice que eso no es discutir. Siempre que le digo que salga, que viaje, que conozca a gente nueva, bufa como su otro yo. Se le eriza el lomo y se le ponen los bigotes tiesos. Se pone muy gracioso, aunque él no lo crea. Yo soy vieja y él sigue siendo casi el mismo chico que me trajo la luna llena. Debe prepararse para mi marcha, aunque no le guste. Es ley de vida, y en algún momento tendremos que hablar de ello...

Rosa cerró el cuaderno para no seguir leyendo.

A veces sentía que leer aquellas cosas sobre Hortensia y Diego, el mismo Diego al que ella había conocido y al que había tenido entre sus brazos, era invadir su intimidad y que no tenía derecho a hacerlo.

Tenía miedo de moverse y que el gato sintiera su inquietud. Ese gato era el mismo hombre sobre el que leía en esos diarios, al fin y al cabo. Ni siquiera sabía si él comprendía que estaba leyendo sobre él.

Cerró los ojos y maldijo para sí.

Por supuesto, no podía ser fácil, fuera lo que fuera. Para ella nunca era fácil. Eso sería demasiado pedir.

Don Diego se levantó de golpe y bufó.

—¿Qué ocurre? —preguntó, pensando que había notado cómo se sentía.

El gato, sin embargo, no miraba en su dirección, sino hacia la oscuridad. O más bien hacia una luz brillante que había surgido de pronto a lo lejos.

Rosa no había visto un incendio en su vida, como no fuera en una película o en una serie, pero comprendió que algo se estaba quemando no demasiado lejos. Muy pronto llegó a ella el acre aroma del humo.

No conocía lo suficiente la zona para saber de dónde provenía, si era de alguna granja o del monte, así que corrió al teléfono para llamar a los guardias del pueblo. Le informaron que era una granja lo que estaba ardiendo y que los bomberos ya estaban allí, que podía estar tranquila. No había ninguna probabilidad de que el fuego se extendiera.

Rosa colgó, aunque la angustia no se fue con la misma facilidad. Se quedó en el porche hasta que vio extinguirse las llamas en la oscuridad. El olor del humo permaneció en el aire mucho más tiempo que ellas y pensó que no sería capaz de quitarse esa peste de la nariz en toda su vida.

Cuando se acostaron, durmió mal y se despertó antes de lo que solía hacerlo.

María José llegó pronto y ojerosa.

—Estuve en la granja de los Ortega anoche —le dijo nada más verla—. Fue un espanto. Lo han perdido todo menos las ovejas que estaban en el corral exterior. No sé cómo lo van a hacer para seguir adelante.

Rosa preparó el café, como siempre, aunque ninguna de las dos estaba con ánimos para nada.

—¿Cómo fue?

—No lo saben. Creen que por culpa de un cortocircuito. Con suerte, el seguro les cubrirá algo de lo que invirtieron, pero ahora mismo no tienen ni para darles de comer a los animales.

Rosa le dio vueltas al café con aire distraído. Miraba por la ventana en la dirección a la granja de los Ortega. Aunque no los conocía, lo sentía mucho por ellos. No podía ni imaginarse lo que debía de ser el hecho de poner todas tus ilusiones en algo y perderlo todo de golpe. O sí. Claro que podía imaginarlo.

De pronto, su mirada se fijó en la hierba alta que rodeaba la casa.

—¿Las ovejas comen hierba?

María José la miró como si le hubieran salido dos cabezas.

—En serio, no tengo ni idea de ovejas —siguió Rosa—. ¿Comen hierba? ¿Esa hierba? —añadió, señalando el exterior de la casa.

María José siguió su mano, vio lo que ella veía y empezó a sonreír.

—Estás loca, ¿lo sabes?

Rosa se encogió de hombros.

—En realidad, me están haciendo un favor. No me veo conduciendo un tractor.

María José se inclinó hacia ella y le dio un beso sonoro y lleno de babas. Rosa se limpió la mejilla con afectación, aunque había enrojecido de placer.

—Hablaré con ellos enseguida. Porque estás segura, ¿verdad?

—Claro que estoy segura. Las ovejas son unos animales encantadores.

Fue consciente de que no tenía ni idea de lo que estaba diciendo y de que no había visto una oveja de cerca en toda su vida, pero ¿qué podía salir mal? Ella necesitaba que le cortaran la hierba y los Ortega y esas ovejas necesitaban ayuda.

Miró a don Diego, que había ocupado una de las sillas de la cocina desde el principio, como si fuera uno más de los comensales. Juraría que el dichoso gato sonreía.

Ella, desde luego, se sentía de lo más satisfecha con su idea.

—Así que ahora tenemos ovejas.

Estaban sentadas en la cocina, con sendos vasitos de licor de hierbas ante ellas.

Rosa todavía llevaba puesto el camisón y la tía Hortensia un vestido floreado que había visto colgado en el armario y una de sus chaquetas de lana. También tenía la melena veteada de canas suelta sobre los hombros, un poco despeinada, aunque su aspecto no era desaliñado en absoluto. Para llevar muerta tres meses, tenía un aspecto maravilloso.

—Me gustan las ovejas, y no son tontas para nada. No sé por qué dice todo el mundo que las ovejas son tontas.

Hortensia se encogió un poco de hombros y bebió un poco de licor.

A Rosa no le parecía nada extraño estar sentada en la cocina con su tía abuela muerta, tomándose una copa de licor de hierbas. De hecho, le extrañaba que hubiera tardado tanto en presentarse. En la carta que le había dejado le había dicho que vendría en cualquier momento.

—Supongo que sabes que no he venido para hablar de ovejas.

Algo en el borde de su visión empezó a emborronarse y la imagen dejó de parecer tan real. Algunos de los colores eran más brillantes y otros más tenues. Luego todo se estabilizó otra vez y Rosa dejó de preocuparse.

—¿Has venido a darme la receta del licor de hierbas?

Hortensia rio. Su risa era más suave de como la había imaginado, dulce como la de una niña.

—Puedes conseguir la receta cuando quieras, solo tienes que preguntarle a Diego. Pero no, no he venido por eso.

La imagen de su tía vaciló ante ella hasta desaparecer casi del todo y Rosa se asustó. Hasta el aire había vibrado de un modo desagradable.

Se levantó de la silla y dio un paso hacia ella.

—Ten cuidado, querida... Ten cui...

Hortensia se desvaneció antes de poder terminar lo que iba a decir.

Rosa se despertó de golpe y se encontró en la cama, con la ropa revuelta y con don Diego bufando hacia la puerta.

—¿Lo has notado?

El gato maulló y se acurrucó contra ella. Temblaba. Rosa lo acarició y besó su cabeza.

Le había encantado ver a su tía abuela, pero no podía evitar pensar que su visita encerraba algo tenebroso.

En la vida habría pensado que en algún momento estaría deseando tener charlas nocturnas con los muertos, pero en ese instante pensó en todo lo que no le había preguntado, como ese amor perdido, si al final había conseguido ser feliz, o qué le había ocurrido el día de su muerte.

Todavía quedaba una semana para la luna llena y tenía la sensación de que ese estaba siendo el mes más largo de su vida.

Capítulo 25

Para su alivio, los Ortega se encargaron de todo lo que concernía a instalar las ovejas en sus tierras. Llegaron una mañana, llenos de energía y emoción. Cansados por la tragedia, pero también con esperanza por poder seguir con su labor y no tener que marcharse del pueblo.

Habían podido alojarse en una de las pensiones de la plaza gracias a la ayuda de los vecinos del pueblo, y habían solucionado el gran problema, que era qué hacer con los animales que habían sobrevivido, gracias a la oferta de Rosa.

Ella les había cedido toda la tierra y agua que quisieran y necesitaran. Al fin y al cabo, no tenía ni idea de lo que hacía falta para el mantenimiento de un rebaño de ovejas. ¡Ni siquiera había visto una en persona!

Julio y Aurora construyeron un vallado en la zona más alejada de la casa y se aseguraron de que los animales tendrían acceso a agua limpia.

Le agradecieron tantas veces que les permitiera quedarse allí que Rosa empezó a sentirse incómoda.

—Por favor, cualquiera haría lo mismo.

No pudo evitar ver que la pareja compartía una mirada antes de sonreírle.

—Te lo pagaremos en cuanto podamos.

Rosa se limitó a servir unos vasitos de licor de hierbas para acabar con aquello. Odiaba que se sintieran en deuda con ella. Esa pareja había perdido su casa, todas sus pertenencias, y apenas tenía otro recurso que esas ovejas para seguir adelante. El solo hecho de que hablaran de pagarle la hacía removerse incómoda.

—Ya hablaremos de eso —respondió, aunque solo para que se quedaran tranquilos. Desde luego, no tenía ninguna intención de aceptar ningún pago por su parte—. ¿Os han llamado del seguro?

Julio bufó.

—Esos mamones insisten en que las causas del incendio no están claras. Insinúan que nosotros quemamos la granja, los muy... —Su mirada se perdió en algún lugar en el vacío. El vasito de licor seguía intacto en la mesa—. Deberíamos haber aceptado la oferta de Germán cuando estábamos a tiempo y todavía se podía sacar algo de aquello. Ahora las tierras no valen una mierda. Una mierda...

Aurora le puso una mano sobre el brazo para acallarle.

Rosa no supo si lo hizo por precaución o por miedo. Miró a don Diego, que se había echado en un rincón de la cocina y fingía dormir. La mención a Germán había hecho que irguiera una oreja.

—¿Germán se ofreció a comprar vuestra granja?

Aurora apretó los labios.

Ella tampoco había tocado el licor. No la había conocido antes del incendio, pero tenía la sensación de que la catástrofe la había convertido en una persona siempre alerta y asustada. Era como si temiera a su propia sombra, y no la culpaba por ello.

—Fue hace meses. Las cosas nos iban bien entonces.

Fue Julio el que respondió. Hablaba como si lo hiciera de otras personas y no de ellos mismos. Ni siquiera era capaz de imaginar qué edad tenían. Entre cuarenta y sesenta, quizás. Cuando no estaban trabajando o en movimiento, era como si se derrumbaran y perdieran las fuerzas para vivir.

—Le dijisteis que no.

—A Germán no le gusta que la gente le diga que no —dijo Aurora con un ligero temblor en la voz.

Ahora sí se tomó el licor. De un solo trago. Y después tosió.

Julio no se inmutó. Seguía mirando hacia el vacío.

—No se lo tomó a mal. Se rio. No insistió y se fue.

—Seguro que... —Aurora bajó la voz, rasposa por la tos—. Ha sido un accidente.

Rosa levantó el vasito de licor y se lo llevó a los labios, aunque no bebió. Sintió frío de pronto.

—Si el seguro no paga, tendremos que venderle las tierras de todas formas. Con suerte, nos dará lo justo para que no nos muramos de hambre.

Aurora gimió y se levantó. Rosa quiso seguirla, pero su marido reaccionó al fin y la siguió. Los escuchó hablando en el vestíbulo, aunque prefirió dejarlos a solas.

—¿Crees que Germán ha tenido algo que ver en esto?

Don Diego maulló desde su rincón.

Lo que le habían contado hizo que se pusiera en guardia.

El incendio podía ser un accidente, por supuesto, pero no podía descartar ninguna opción. El olor de Germán había estado en su tía el día de su muerte y ahora otra desgracia estaba relacionada con él, aunque fuera indirectamente. Era posible que ella no fuera la mujer más lista del mundo, pero no hacía falta ser demasiado avispada para darse cuenta de que en el valle estaba ocurriendo algo y que Espinosa estaba metido en el asunto.

El hecho de estar ocupada con los Ortega, las ovejas y ordenar sus cosas, además de los repartos de huevos, hizo que la última semana antes de la luna llena se le pasara más rápido.

Cuando llegó el día en que Diego regresaría a su forma humana, Rosa tenía tantos temas pendientes que tratar con él que pensó que debería hacer una lista para no olvidar ninguno. Empezó a escribirla, pero se sintió tan ridícula al anotar que debía preguntarle si se había liado con su madre que fue incapaz de terminar la frase.

Con todas las cosas importantes que habían ocurrido, no podía ser que eso siguiera rondándole cada día como una mosca cojonera.

¿Y por qué diablos era tan largo ese dichoso día?

Salió a dar de comer a las gallinas y a recoger los huevos. A esas alturas, después de casi dos meses allí, los animales se habían acostumbrado a su presencia y la recibían sin sorpresa. Ya no se asustaban al verla y tampoco la atacaba ninguna, como en los primeros días. Y, lo que era más importante, tampoco se asustaba ella. Había aprendido a reconocerlas y a distinguirlas entre sí, conocía sus manías y dónde iban a esconder sus huevos. Después de seleccionar los huevos y limpiarlos, los colocó en las hueveras. Todo ello era una labor tan mecánica que no le exigía pensar en ello de modo consciente.

Después de darse una ducha y comer, dedicó un rato a leer los diarios de su tía en busca de la receta del licor de hierbas, aunque sabía de sobra que no la encontraría allí.

De vez en cuando, anotaba en otro cuaderno otras recetas y marcaba algo que le pareciera interesante, pero ese día no estaba pendiente de lo que leía. Estaba demasiado impaciente por la llegada de la noche.

Al final, decidió salir a pasear junto al riachuelo. Se sentó en la roca de don Diego, como solía llamarla para sí. Tenía tantos recuerdos de él allí de cuando era niña que para ella no podía llamarse de otra forma. Con razón le encantaba sentarse allí. Era ideal para pasar el rato. El tiempo, y quizás el agua, la habían moldeado y desgastado, y la habían convertido en un asiento la mar de cómodo para contemplar el entorno. Además, era imposible que el valle pudiera estar más hermoso que en esa época del año, con los tonos rojizos y marrones que hacían que pareciera un lienzo casi irreal. La tarde transcurrió sin que se diera cuenta, y perdió la noción del tiempo hasta que el sol, casi imperceptiblemente, estuvo a punto de desaparecer por el horizonte.

Hacía fresco, lo bastante como para ponerse ropa de abrigo. El otoño había llegado con fuerza y la temperatura solo era agradable cuando daba el sol con intensidad. Eso le hizo pensar en lo duro que sería el invierno y en lo poco preparada que estaba para ello.

Quizá su familia tenía razón y se le quitaría la tontería en cuanto se diera cuenta de que ese lugar no era tan paradisíaco como había pensado.

La casa ni siquiera tenía calefacción, solo una chimenea vieja que tendría que probar antes de que empezara el frío de verdad. Tendría que hacerse con leña, quizás cortarla ella misma. Y también tendría que aprender a encender un fuego, de paso.

Le entró la risa tonta al pensar en sí misma con un hacha yendo al bosque y enfrentándose a un enorme árbol.

—No te ríes lo suficiente. Y es una lástima, porque tienes una risa preciosa.

Rosa miró a Diego, que se había deslizado en la roca junto a ella sin que se diera cuenta.

—¿Alguien te ha dicho que eres silencioso como un gato?

—Malvada —murmuró él junto a su boca.

Ella pensó en la lista de asuntos que tenía pendiente. Luego se dijo que podía esperar. Todo salvo sus besos podía esperar.

Capítulo 26

—Me gustan las ovejas. Podrían oler mejor, pero son unos animales simpáticos.

Rosa levantó la cabeza que había apoyado en el hombro de Diego y lo miró. El frío los había obligado a refugiarse en la casa y bajo las mantas. Era tarde y tenía hambre, pero no le apetecía levantarse.

Tampoco le había hecho ni una sola de las preguntas que le rondaban la cabeza.

Esa era su primera noche juntos y quería aprovecharla en cosas más importantes.

—Pensaba que ibas a felicitarme por mi buena obra. O recompensarme... —añadió con un guiño que pretendió ser sensual y se temió que le quedó más ridículo que otra cosa.

Diego se estiró y ese solo gesto hizo que sus ojos lo resiguieran como un animal hambriento. Todo él era deliciosamente sexi.

—¿De verdad quieres hablar de lo buena persona que eres o prefieres que lo hagamos de esa lista que has estado escribiendo?

Rosa sintió que su libido descendía hasta las suelas de los zapatos. Debería haber recordado que don Diego en su forma gatuna había estado presente mientras ella escribía. Era posible que incluso hubiera leído lo que había redactado. ¿Los gatos podían leer? Quizás un gato normal no podía, pero él era de todo menos normal.

Se levantó y se puso encima lo primero que encontró, que no era otra cosa que la camisa de Diego. El tejido era más áspero de lo que había imaginado, pero era abrigada y cómoda. Además, olía a él.

—Pensé que era bueno ordenar mis dudas.

—Me parece bien. Hortensia tenía sus cuadernos y pasaba horas escribiendo.

«Escribiendo sobre ti», pensó Rosa. «Escribía sobre ti porque no podía hablar contigo».

—Mi tía...

Diego seguía en la cama, con las sábanas hasta la cintura y el pelo revuelto. No parecía tener frío, aunque también era cierto que su piel siempre parecía más caliente que la de cualquier humano que ella hubiera tocado jamás. Ante la mención de Hortensia, sus ojos relampaguearon a la luz, como los de su otro yo gatuno.

—Volvió.

Rosa se sentó junto a él en la cama. Le tomó la mano, pero él no se movió. La tenía fría como el hielo y no reaccionó a su tacto. Era la primera vez que lo tocaba y estaba tan frío.

—Fue un sueño.

—No, no fue un sueño —respondió Diego con una sonrisa triste.

—La querías mucho.

Diego le apretó la mano al fin. Tiró de ella hasta que cayó sobre su pecho. La abrazó con fuerza.

—La quería, pero no como tú crees. Éramos amigos. Si fuimos algo más en algún momento fue porque estábamos solos, pero no fue como... —Diego calló y la apretó un poco más—. ¿Qué te dijo?

Rosa cerró los ojos, tratando de recordar las palabras exactas, pero era incapaz. Todo había sido demasiado extraño y habían pasado muchos días.

—Me dijo que tú conocías la receta del licor de hierbas.

Diego rio.

—¿Todavía sigues buscando esa dichosa receta?

Rosa se revolvió entre sus brazos para mirarlo. Parecía molesto por el hecho de que Hortensia no hubiera dicho nada trascendente.

—María José me está ayudando mucho y creo que se la merece.

Él apretó los labios, como si dudara.

—De acuerdo, aunque recuerda que es una receta ancestral y tendrá que jurar que no la irá pregonando.

—Seguro que entiende la importancia de que permanezca en secreto.

Diego le apartó un mechón de la cara.

—¿Y no dijo nada más?

Rosa trató de hacer memoria.

—Solo fueron unos minutos, o unos segundos. Y todo fue muy raro. Ya te digo que creí que fue un sueño.

—Pero hubo algo, lo veo en tus ojos.

Ella rio y lo besó. No quería seguir hablando. Estaba convencida de que les quedaba poco tiempo por esa noche y no quería desperdiciarlo hablando. Eso y el resto de las preguntas tendrían que esperar.

—Fue una tontería.

—No te lo pareció en ese momento.

—Me dijo que tuviera cuidado. Y parecía asustada.

Diego se incorporó en la cama.

—¿Te dijo de qué o quién debías cuidarte? Intenta recordar.

Rosa se refugió entre sus brazos.

—No dijo nada más. Creo... No lo recuerdo.

Diego la abrazó y lo dejó estar.

Apenas hablaron en lo que restaba de noche.

Cuando Rosa despertó, ya había amanecido. Al principio lamentó no haberse podido despedir de Diego, aunque luego se tranquilizó al pensar que todavía les quedaban seis noches juntos por delante.

Al levantarse de la cama, vio una nota en la mesilla de noche:

Te espero al anochecer en la cabaña. Trae ropa cómoda y una de tus libretas.

Rosa sonrió.

—Parece que al fin va a resolverse el misterio del famoso licor de hierbas de la familia.

—No creo que os queden muchas opciones ahora que...

—El seguro todavía está valorando...

—No seas idiota, Julio —lo cortó Germán. Incluso al otro lado de la línea telefónica podía notarse su impaciencia—. Te ofrezco un buen trato. Más de lo que mereces, y lo sabes.

—Germán...

—Nadie en sus cabales querría quedarse con tus tierras ahora. Acepta mi propuesta, vamos. Aurora podrá dormir tranquila cuando lo sepa.

Julio apretó los labios y sintió que el color le subía a las mejillas. Era una suerte que nadie pudiera verlo. Había cogido la llamada de Germán Espinosa en la cabaña que estaba algo apartada de la casa principal y allí nunca parecía haber nadie. Aurora estaba con las ovejas y Rosa había salido a hacer el reparto de los huevos con María José.

—Todavía podemos aguantar.

Germán respondió con un siseo que no supo si era una risa o una maldición.

—Es posible que podáis aguantar un mes, dos o seis, pero a lo mejor a mí ya no me apetece ser tan generoso cuando a vosotros no os quede ni un euro. Esa mujer se aburrirá de su aventura en el campo y volverá a su vida en la ciudad antes o después. Y entonces, ¿qué será de vosotros?

Ese maldito tenía la peculiaridad de parecer incluso preocupado cuando amartillaba el arma para que uno mismo se pegara el tiro de gracia.

Julio miró por el ventanuco. Desde allí pudo contemplar cómo lo que quedaba de su rebaño parecía sano y feliz, pero por cuánto tiempo podría seguir de ese modo era un misterio.

Rosa era agradable, pero Germán tenía razón al insinuar que era impredecible. No conocía nada del mundo rural y era posible que se hartara en cualquier momento. Y la generosidad de la gente no era eterna, lo sabía muy bien.

Aurora no se merecía aquello. Al menos en eso Germán y él estaban de acuerdo.

—Acepto.

Las palabras salieron de su boca sin que él fuera consciente de ello.

—No te he escuchado bien.

Julio cerró los ojos. Pensó que podía rectificar. Alegar que se había equivocado. Que tenía que hablar con Aurora. Pero no lo hizo.

Cuando colgó el teléfono, el trato estaba cerrado y él se sintió derrotado a pesar de que no debería ser así. Se suponía que había salvado lo que se podía salvar. Podría empezar de nuevo con Aurora en otro lugar. Sin embargo, era como si todavía tuviera la boca llena del sabor de las cenizas de su casa.

Capítulo 27

—Pero no lo entiendo...

Julio no la miraba a los ojos y Aurora no miraba a Julio.

Rosa no comprendía qué había ocurrido. La noche anterior se había ido a la cama con la certeza de que todo iba bien y ahora resultaba que no.

Estaba desayunando cuando los Ortega habían entrado en la cocina y él le había dicho que tenían algo que anunciarle. Por sus expresiones, había adivinado que no se trataba de buenas noticias. Al principio había pensado que les había ocurrido algo a las ovejas, pero enseguida supo que no se trataba de los animales, al menos no directamente. Era algo peor.

A medida que Julio hablaba, con palabras secas y sin mirarla a la cara, Rosa pensó que había algo que no comprendía en todo aquello. No era solo su actitud, distante y fría, cuando hasta el día anterior casi podía haberlos considerado sus nuevos amigos, sino que estaba claro que había ocurrido algo entre ellos.

Julio y Aurora no se miraban. De hecho, había una más que evidente distancia entre ellos. Era como si Aurora sintiera repulsión por su marido y no soportara estar en su presencia. Se había colocado en el extremo más alejado de él y arrugaba los labios cada vez que escuchaba su voz.

En cuanto a sus palabras, Rosa cada vez comprendía menos.

Por lo visto, en algún momento de la noche anterior, según Julio, había reflexionado y había decidido que no tenía sentido seguir peleando por sacar adelante el negocio. Venderían las ovejas y las tierras y buscarían suerte en otro lugar.

—Este sitio no nos ha traído más que desgracias.

Al escuchar aquello, Aurora salió de la cocina. No había abierto la boca en ningún momento y no había probado el café que les había preparado. En todo caso, no parecía estar de acuerdo con su marido, pero estaba claro que no quería parecer desleal.

—Ayer todo parecía ir bien.

Julio la miró durante apenas unas décimas de segundo antes de apartar la mirada.

—Lo he consultado con la almohada.

—¿Y lo has consultado con Aurora también?

Él se acercó hasta que pudo ver las sombras oscuras debajo de sus ojos con un detalle que podría haberse ahorrado.

No era quién para juzgar a nadie, pero algo le decía que allí había gato encerrado.

—Te agradezco de verdad lo que has hecho por nosotros, pero no te debo la vida.

Rosa se encogió de hombros. No le tenía miedo y dudaba que le fuera a hacer daño. Y sí, se preocupaba por los Ortega y por su futuro.

—No, por supuesto que no me debes la vida, pero creo que nadie cambia de idea así como así de un día para otro.

Él se apartó y rio.

—¿Qué sabrás tú de problemas si tienes... —abrió los brazos y señaló todo lo que le rodeaba— esto? No sabes lo que es perderlo todo. Absolutamente todo. No saber qué va a ser de ti mañana ni si vas a poder... —Julio calló y emitió una risa amarga—. El día que te aburras de la vida rústica y del campo y te largues podrás decirles a tus amigos de la ciudad que les salvaste el culo a unos pobres catetos unos días. Tranquila, puedes sentirte feliz y realizada.

Rosa sintió que se le cortaba el aliento ante sus palabras.

Y de pronto algo hizo clic en su cabeza.

—Has hablado con Germán. Te hizo una oferta.

Julio enrojeció de golpe. Sus balbuceos intentando negar aquello confirmaron sus sospechas.

Rosa se acercó y le dio un beso en la mejilla.

—Solo espero que no te arrepientas de tu decisión.

Julio se apartó, pero no antes de que ella viera el brillo de las lágrimas en sus ojos.

Rosa no pudo evitar pensar en que Germán parecía estar en cada parcela de su vida, aunque fuera de manera indirecta. Allá donde mirase, ahí estaba, asomando la pezuña, como una mala hierba.

—Germán solo piensa en nuestro bien.

—Y en el de su cartera.

Julio rio a su pesar. Eso sí que no se lo podía negar.

—No me culpes por arrimarme a un clavo ardiendo.

—No lo hago, pero creo que te equivocas.

Él suspiró y bajó la vista. Ahora que estaban todas las cartas sobre la mesa, parecía sentirse libre de decir todo lo que pensaba.

—Solo espero que Aurora me perdone y que de verdad podamos empezar otra vez en otro lugar.

Ella no dijo nada. No había más que decir.

Después de esa conversación, el día solo podía empeorar.

La llamada de Germán no debería haberla sorprendido, pero su desfachatez la dejó tan apabullada que no fue capaz de colgarle el teléfono.

—¿Te has enterado de la buena noticia, querida? Solo quedas tú y algún indeciso más, y seré el dueño de todos los terrenos a la redonda de Ermita del Valle.

Rosa sintió que le empezaban a sudar las manos.

—¿Y se supone que debo felicitarte?

Germán rio.

—No, todavía no. No me gusta celebrar los triunfos antes de tiempo. Lo haremos cuando sea el dueño de todas las tierras, incluidas las tuyas.

Rosa cerró los ojos y se mordió la lengua para no mandarle al diablo, porque probablemente la había llamado para provocarla.

En su lugar, decidió fingir desinterés.

—Claro. Aunque jamás entenderé tanto afán de acumulación. ¿Para qué quieres tantas tierras? ¿Acaso valen para algo? Esta ni siquiera es una zona industrial ni especialmente turística.

Germán siseó.

—No te hagas la ingenua. Tu hermanito me habló de los planes del gobierno y por eso me estoy preparando para el futuro. Y tú estás ahí por lo mismo, ¿no es cierto?

Rosa se quedó mirando al teléfono silencioso. Le habría encantado colgar ella, pero Germán lo había hecho antes.

¿Planes del gobierno? ¿Preparar el futuro? Y Juan lo sabía.

Rosa suspiró. Ojalá la pillara por sorpresa.

—Háblame de los planes del gobierno para Ermita del Valle. Y no se te ocurra darme largas.

Juan, que había intentado alegar que tenía una reunión importante para colgarle el teléfono, calló de inmediato al escuchar esas palabras.

—Un parque eólico.

Rosa tuvo que sentarse.

Un parque eólico en el valle. En su valle. Centenares, miles quizás, de molinos enormes y horribles destrozando el paisaje que tanto había aprendido a amar. Comprendía que significaba progreso y dinero para la región, pero también la horrorizaba el impacto que supondría para el paisaje y la fauna.

Además, Germán había comprado la mayoría de las tierras y planeaba comprar el resto para así aprovecharse del usufructo del parque, lo que lo hacía todo más tremendo.

—Cuando fui a buscar a la tía Hortensia para el funeral de la abuela, me fijé en unos carteles que anunciaban el proyecto y decidí informarme. Te juro que no pensaba que fuera nada serio, pero los negocios son los negocios.

Juan empezó a hablar y Rosa se imaginó la escena en su cabeza. Su tía pensando en regresar a su casa, a su vida feliz y tranquila, y Juan, mientras tanto, ideando un plan para aprovecharse de los dueños de esas tierras, en engañarlos para comprarlas, probablemente a un precio ridículo, y destrozar el valle sin remedio.

—¿Fuiste tú quien le dijo a la tía que debería vender todo a Germán?

Se escuchó un largo silencio al otro lado de la línea. Rosa conocía lo bastante a su hermano para saber que estaba intentando evadir el asunto.

—Germán se enteró de que me había puesto en contacto con los dueños de algunos de los terrenos y me buscó para saber por qué estaba interesado en Ermita del Valle. Me dijo que juntos seríamos más fuertes. Y pronto se enteró de que era familiar de Hortensia.

—Y decidió aprovecharse.

—Germán no es un mal tipo.

—No me hagas reír. Su olor estaba en el cuerpo de nuestra tía cuando apareció muerta —se le escapó antes de que se diera cuenta.

—¿Qué dices?

—Estuvo con ella ese día —dijo, tratando de arreglarlo.

Juan volvió a permanecer unos instantes en silencio.

—Eso no quiere decir nada. A lo mejor solo hablaron. Aunque discutieran, no quiere decir que Germán tuviera nada que ver con su muerte.

Rosa pensó que había sido un error sacar la muerte de Hortensia a colación. Al fin y al cabo, su hermano y Germán parecían tener una relación más estrecha de lo que había creído.

—Es verdad. En todo caso, tú lo pusiste sobre aviso acerca del parque eólico.

Juan rio a pesar del tono de enfado de Rosa.

—Y no voy a arrepentirme de eso, hermanita. Es un buen negocio y todavía estás a tiempo de participar. La oferta de Germán es muy generosa y, si quieres, puedo apretarlo un poco más. Todos saldremos ganando, y de verdad te digo que no te veo viviendo ahí toda tu vida. No estás hecha para la vida en el campo.

Rosa sintió un escalofrío en la columna.

Lo escuchó hablar, aunque ya no le interesaba nada de lo que decía. Ahora le quedaba muy claro el porqué de su insistencia para vender la casa: cobraba una comisión por cada venta y cobraría otra cuando se instalase el parque eólico. Y le daba igual engañar a los propietarios para conseguir lo que quería.

Con más motivos que nunca, supo que tenía que mantenerse allí, firme. Esa era su misión en la vida y por eso estaba ahí. Su tía había tenido razón al escogerla.

Capítulo 28

—Te he estado esperando en la cabaña.

Rosa se sobresaltó al escuchar la voz de Diego.

Después de hablar con su hermano, se había tumbado en el sofá, sintiéndose derrotada. La tarde había pasado sin que se diera cuenta.

No pensaba en nada en concreto, ni siquiera odiaba a Juan. Al fin y al cabo, suponía que cualquiera en su lugar aprovecharía la ocasión de hacerse rico igual que él.

En algún momento, se tapó con una manta tejida a ganchillo hecha de retales de varios colores y se quedó dormida, más derrotada que cansada. Quizás su cerebro no quería pensar en nada. Despertó mucho más tarde, cuando ya anochecía, pero no se movió. Tampoco recordó que tuviera algo que hacer en otro lugar. Se sentía paralizada, triste, como cuando Samuel la abandonó.

No fue consciente de que Diego estaba a su lado hasta que habló.

—Los Ortega van a venderle las tierras a Germán Espinosa.

Diego se agachó a su lado.

Estaba muy oscuro, pero pudo ver la rabia en sus ojos.

—Y supongo que no es lo único horrible que ha ocurrido hoy.

Rosa se incorporó en el sofá.

—Ahora necesito pensar en otra cosa.

Él se incorporó y le tendió una mano.

—Me parece bien. Fabricaremos licor de hierbas y te contaré de paso la terrible historia entre tu madre y yo.

Rosa le dio una palmada a su mano para apartarla.

—No creo que sea capaz de aguantar más drama por hoy, gracias.

Diego se acercó otra vez y le dio un beso seco en los labios. Le dio igual que ella refunfuñara y tratara de escapar de él.

—Es una historia muy dramática, te lo aseguro, pero creo que te gustará.

Rosa sintió que despertaba su interés a su pesar. Diego sabía bien cómo picarla. Cogió su mano al fin y se levantó del sofá, sintiendo sobre sí todo el peso del dolor de ese día.

—¿Te importa si me doy una ducha antes y comemos algo?

Él sonrió, y su sonrisa hizo que sintiera un cosquilleo en el estómago. Por primera vez, sintió algo que no se parecía en nada a la decepción en esa jornada.

—Creo que la ancestral receta de licor de las Florido puede esperar por un rato.

—Ponte calzado cómodo. Nos vamos de excursión.

Rosa, que todavía tenía la piel sensible después de hacer el amor, se sintió tentada de decirle que quería quedarse en la cama. María José entendería que el licor de hierbas era un asunto familiar, estaba convencida de ello.

—Vamos, arriba. La noche es corta.

Antes de que pudiera seguir remoloneando en la cama, Diego tiró de las mantas y la dejó expuesta al aire fresco de la noche.

Rosa gritó de la impresión.

—¡Maldito seas!

—¡Oh, sí! No sabes cuánto... Y ahora levanta el trasero de la cama.

Rezongando todo el tiempo, Rosa se puso la ropa que solía usar para ir a recoger los huevos en el gallinero. No tenía ni idea de por qué tenía que ponerse botas de agua para ir a la cabaña a copiar una receta, pero no iba a cuestionar a Diego, sobre todo cuando él la miraba con los brazos cruzados y la cola agitándose en el aire a modo de látigo.

Se hizo un bocadillo a toda prisa para no perder más tiempo y lo siguió hacia la noche despejada.

Para su sorpresa, en lugar de dirigirse hacia la cabaña, él comenzó a caminar hacia el riachuelo. Llevaba una cesta de mimbre que había recogido en un cuartillo que se usaba a modo de trastero, una linterna y un pequeño cuchillo plegable.

—No se puede hacer licor de hierbas sin hierbas —le dijo.

—Pensaba que se usaban hierbas secas.

Diego sonrió y aminoró el paso para esperarla. Le tomó la mano y se la apretó con fuerza.

—Pueden usarse, pero es mejor cuando se usan recién cogidas. Y Azucena decía que el licor tenía poderes especiales cuando las hierbas se recogían durante la luna llena.

Rosa pensó que la mención a la mujer que lo había convertido en lo que era no debería molestarla, teniendo en cuenta que había muerto hacía casi trescientos años, pero no pudo evitar sentir un pinchazo en el corazón.

—¿Qué tipo de poderes?

Él se encogió de hombros.

—No tengo ni idea. Ella siempre decía ese tipo de cosas. A Azucena le gustaba parecer misteriosa.

Y lo era, pensó Rosa. Lo había engatusado para intentar liberar a su abuela, aunque hubiera salido mal. Y después lo había maldecido, o bendecido, todavía no lo tenía claro, a saber con qué objetivo. Era posible que viviera eternamente sin apenas poder salir de ese valle, siempre enredado en la vida de las mujeres de su familia.

Desde que había leído los extractos del diario de Hortensia sobre sus dudas acerca de la maldición, no podía evitar pensar en que Azucena le había engañado acerca de su misión. ¿Y si Azucena solo quería retenerlo a su lado y le había mentido para que él no se fuera?

No dijo nada de lo que pensaba, porque no estaba convencida de que Diego hubiera superado aquel antiguo amor.

—¿Fue ella la que creó la receta?

Él rio.

—No, ni de lejos. Ya era una receta antigua cuando ella me la enseñó. Aunque tampoco diría que me la enseñó. Más bien la vi fabricar ese licor tantas veces que podría hacerlo con los ojos cerrados. Y después vi cómo la elaboraban muchas más a lo largo de los años. Y te diré un secreto. No siempre era igual. Algunas la cambiaban, un poco por aquí y un poco por allá. Pero en esencia sigue siendo la misma.

Llegaron al riachuelo. Allí el aire era más frío que junto a la casa y Rosa agradeció haberse abrigado.

—Menta y espliego.

—¿Perdón?

—Espliego o lavanda. ¿Ves?

Él señalaba una planta que Rosa había visto mil veces, aunque jamás se había fijado en ella. Para ella, la lavanda venía en frascos de esencia o de perfume. O en los ramilletes que le colocaba Hortensia debajo de la almohada y en los armarios. Para alejar a los malos. No se había parado a asociar las fotografías de los frascos con lo que tenía ante los ojos.

Se agachó para oler las flores y la asombró el aroma que emanaban los tallos alargados en forma de conos violáceos.

—Son preciosas.

—Y por aquí cerca hay manzanilla y ruda.

Diego iba señalando plantas y flores, cortando aquí y allá. Rosa olía y tocaba, iluminaba con la linterna, y dudaba que pudiera distinguir unas de otras por sí misma. Era como si hasta ese momento hubiera estado ciega a todo lo que la rodeaba.

—Hay miles —dijo cuando se sintió saturada con tanta información.

Él le dio un beso en la frente. El olor de las hierbas se había impregnado en su ropa y en su piel y olía como un campo recién segado.

—No tienes que aprenderlo todo hoy. Tenemos mucho tiempo.

Sin saber por qué, Rosa sintió que los ojos se le llenaban de lágrimas. Se giró para que él no la viera. En lo alto, la luna llena se cubrió de nubes durante unos segundos, como para poder cubrir sus sentimientos.

—Aquí ya no queda nada que necesitemos. Vayamos hacia la cabaña.

Asintió y suspiró. Se limpió los ojos y lo siguió, unos pasos por detrás.

—¿Cuándo me vas a contar lo de mi madre?

Le llegó su risa grave y divertida.

—No ha servido de nada toda esta maniobra de distracción, ¿verdad? ¡Oh, mira, enebro! ¡Estupendo!

Cuando llegaron a la cabaña, la cesta estaba llena de ramilletes y flores, tallos y hojas. Habían pasado un par de horas en la búsqueda y agradecieron el poder ponerse a cubierto del relente.

Además de las hierbas y flores, Rosa vio allí unos granos de café y unas peladuras de cítricos.

—Ya estamos aquí, así que suéltalo.

Diego apoyó el trasero contra la mesa donde había dejado todos los ingredientes. Tras él, su cola pareció moverse como por voluntad propia, demostrando que no estaba tan cómodo como parecía.

—Lo primero de todo lo que debes saber es que destilar tu propio alcohol es ilegal, además de muy peligroso, así que la lección principal es que compres un buen aguardiente de base. Sin eso, tu licor será basura.

Rosa sintió deseos de estrangularlo.

—No me refiero a eso, y lo sabes.

Él le dio la espalda y empezó a colocar las hierbas en orden sobre la mesa.

—Nunca me he acostado con tu madre.

—¡No hacía falta decirlo así!

Diego se giró y la miró con las manos en el aire.

—¿Y cómo quieres que lo diga? ¿Acaso no es eso lo que querías saber?

Rosa enrojeció. No podía negar que tenía razón.

—Sí —admitió, bajando la mirada.

Diego se acercó y la abrazó.

Rosa sintió vergüenza de sí misma. Su madre le había puesto el cebo y ella había caído de cabeza en la trampa.

—Me da asco sentir esto, pero no puedo evitarlo.

—Debería haberte dicho desde el principio lo que ocurrió y esto no estaría sucediendo.

Ella apretó los labios. Lo miró a la luz anaranjada de las bombillas incandescentes de la cabaña. Sus ojos parecían más amarillentos que nunca y un poco tristes.

—¿Hubo... algo?

Diego suspiró.

—Cuando Flora se dio cuenta de mi existencia, debía de tener unos trece o catorce años, tal vez menos. Era una niña. Supongo que me veía por ahí, saliendo del dormitorio de Hortensia. Por entonces, pasábamos algunas noches juntos. Éramos amigos, pero también nos sentíamos solos y... Ella había pasado un par de años en la ciudad y había vuelto sola y triste. Había habido alguien y la había perdido. Sé que María José te ha dicho algo al respecto. Es duro perder al amor de tu vida y sentir el corazón roto, lo sabes bien. Y es más sencillo dejar de sufrir un rato cuando hay una persona que te comprende cerca. —Se calló y apartó la mirada durante unos instantes, aunque no por vergüenza, sino por pena—. Reconozco que a veces no soy demasiado cuidadoso y que me dejo ver demasiado.

—¿Y qué hizo mi madre?

Él emitió una sonrisa triste.

—Me la encontraba en la cocina, en un pasillo. Yo pensaba que era casual, porque en ningún momento imaginé que una niña querría hacerse la encontradiza con un tipo que se mete a escondidas en su casa y tiene un aspecto…, digamos…, poco usual.

Rosa se imaginó la escena. Él podía pensar que una chica a su edad era una cría inocente, pero nada de eso. Además, Diego era un hombre guapo, exótico, excitante. Y, para la imaginación de una cría, podía parecer peligroso. La sola idea de que alguien así estuviera tan cerca debía de haber llenado de fantasías la cabeza de Flora.

—Y supongo que no estaba asustada, claro.

Diego la miró, sorprendido.

—No, todo lo contrario. No podía entenderlo.

Rosa rio. Daba igual que tuviera trescientos años, Diego seguía siendo un inocente.

—¿Se atrevió la pequeña Flora a dar el primer paso?

Diego se sonrojó, y le pareció encantador.

—Me temo que fue algo embarazoso hacerle ver que no había ninguna posibilidad de que hubiera algo romántico entre nosotros. Por suerte, poco después, su madre se trasladó a la ciudad definitivamente y no volvió hasta muchos años después.

Sintió deseos de abrazarle muy fuerte. Pensó que cualquier otro en su lugar se habría aprovechado de las fantasías de una adolescente enamorada, pero él la había rechazado con delicadeza. Otra cosa era que Flora no lo hubiera superado.

—¿Crees que ha vuelto a verte?

Diego frunció el ceño.

—Sí, es posible. Aunque ella finge con obstinación que no existo. A veces resulta un poco violento, pero comprendo que debió de resultar humillante para ella. Alguna vez he pensado que sería bueno hablar con ella, decirle que nunca pretendí hacerle daño, pero tu madre no es alguien con quien se puedan hablar las cosas, ya lo sabes.

Era muy típico de su madre lo de fingir que lo que no debía existir, simplemente no existía. Era posible que, a lo largo de los años, se hubiera convencido a sí misma de que Diego solo había formado parte de sus fantasías.

Solo había salido de su autoengaño para convencer a su hija de que volviera a la ciudad.

Se acercó a Diego y le dio un beso seco en los labios.

—Gracias por contármelo.

Diego la abrazó e inspiró.

—No te enfades con tu madre. Está preocupada por ti. Y ahora, ¿me contarás tú por qué estabas así de triste antes?

Rosa se escurrió entre sus brazos. Todavía no se sentía preparada para hablarle del parque eólico y de que era posible que su amado valle desapareciera muy pronto. Prefería vivir en ese oasis de felicidad al menos unos días, aunque fuera egoísta por su parte.

—Tal vez después de hacer ese dichoso licor. No hemos recogido medio campo en medio de la noche para nada.

Él sonrió, aunque no pareció nada convencido por su maniobra evasiva. A esas alturas, había aprendido que era mejor no presionarla, así que comenzó a señalar hierbas y a limpiarlas de restos indeseados.

Capítulo 29

—No puedes culparles por tirarse a lo más fácil. Ya han pasado por momentos muy complicados y seguro que Germán ha sido generoso.

Rosa no se esperaba esas palabras por parte de María José. Esa misma mañana los Ortega habían recogido su ganado y habían dejado el campo triste y silencioso. Para su sorpresa, se había acostumbrado a ver a los animales desde la ventana y les había cogido simpatía a Julio y a Aurora. Los echaría de menos.

—No me habías dicho lo del parque eólico.

María José pareció tener prisa por salir cuanto antes. Normalmente, se tomaban con calma la carga de los huevos en el coche, pero empezó a caminar más deprisa, al punto que tropezó y estuvo a punto de caerse y tirar varias docenas.

—Es un asunto del pueblo.

Rosa la miró con incredulidad.

—No me puedo creer que digas algo así.

María José dejó los huevos en el coche y cerró el maletero.

—No te lo tomes a mal, pero todavía no tengo muy claro que vayas a quedarte.

Rosa intentó no ofenderse por sus palabras. Había pensado que era su amiga y que la había acogido con los brazos abiertos. Y ahora resultaba que ella también pensaba que solo estaba de paso y que aquello era un capricho.

—Y supongo que el hecho de que mi hermano sea el que se pone en contacto con los dueños de las granjas no tiene nada que ver con el hecho de que no me hayas dicho nada...

María José se plantó con las manos en las caderas.

—La verdad es que al principio pensé que lo sabías y que habías venido para ayudarle. —De pronto rio—. Y luego...

—¿Y luego qué?

—Que tú no serías capaz de actuar de tapadillo, aunque quisieras. Vamos, o llegaremos tarde.

Rosa se metió en el coche, sin saber si debía estar enfadada o no.

—¿Quieres decir que soy demasiado boba como para engañar a alguien?

María José le guiñó un ojo, divertida.

—No, cariño. Es solo que eres como tu tía abuela Hortensia. Eres buena persona a secas.

Rosa se sonrojó de placer.

—Gracias.

—¿Por qué? Ni siquiera es un buen cumplido.

—Para mí sí lo es —replicó Rosa—. Y ahora cuéntame lo que sepas del parque eólico. ¿Es un plan establecido y aprobado o solo un proyecto? De solo pensar en ello se me ponen los pelos de punta.

María José suspiró.

—Ojalá pudiera decirte algo seguro, pero todo lo relativo al parque son rumores que llevamos escuchando desde hace al menos diez años. Cada poco tiempo alguien dice que es inminente y hay movimiento de escrituras, pero luego no pasa nada.

Rosa entrecerró los ojos mientras pensaba.

El trayecto, interrumpido por las entregas que realizaban a medio camino, fue salpicado con la información que María José le daba acerca del proyecto gubernamental. Por desgracia, había poco que se pudiera sacar en claro aparte de que Germán estaba haciendo acopio de tierras y granjas y que, poco a poco, se había convertido en el dueño de la mayoría de los terrenos que rodeaban Ermita del Valle.

—Si al final no se realiza el proyecto, él será el dueño de las tierras de todos modos —dijo María José con tono escéptico—. La verdad es que no sé para que las quiere. ¿Qué le pueden traer, aparte de problemas? El campo no es que sea el negocio más boyante del mundo.

Rosa aparcó en el lugar habitual, en la plaza junto a la iglesia.

A esas alturas ya se había dado cuenta de que en la actitud de Germán había algo más que un asunto económico.

—Le encanta tenernos en su puño y sentirse el dueño del mundo —murmuró para sí.

No supo si María José la había escuchado, porque ya había descendido del coche. Corrió para alcanzarla, porque se habían retrasado un poco en el reparto.

—Siento mucho haber dudado de ti —dijo María José, que había abierto el maletero y había empezado a llenar un carrito con las hueveras.

Rosa la abrazó en un impulso.

—¿Sabes que he encontrado la receta del licor? Hasta he preparado una pequeña remesa, aunque todavía tiene que reposar. Si sale bueno, podríamos seguir vendiéndolo, como Hortensia.

Hubo algo en la sonrisa de María José que hizo que Rosa se removiera incómoda.

—¿Y en qué cuaderno la encontraste? Porque juraría que los habíamos repasado todos varias veces.

Rosa se sonrojó sin poder remediarlo.

—Por ahí...

—¿Y no te la habrá susurrado el hombre mágico, por casualidad?

Sintió que las piernas le temblaban. ¿Había dicho el hombre mágico? Se dio cuenta demasiado tarde de que debería haberlo negado, de que su silencio y su sonrojo la delataban.

—No...

Fue demasiado tarde. María José se reía a carcajadas y era evidente que tenía razón cuando decía que era incapaz de mentir o disimular. En definitiva, era demasiado inocente.

—Tranquila. No creo que haya nadie en el valle que no se haya encontrado con el hombre mágico alguna vez. —María José se arrimó a ella y le susurró al oído—: Ya sabes..., un hombre joven y atractivo que aparece en las noches de luna llena, vestido con ropas extrañas y con..., en fin..., cola...

Rosa empezó a toser. Le faltaba el aire.

María José le dio unas palmaditas en la espalda.

—Gracias —logró decir cuando pudo volver a respirar.

—En el valle sabemos guardar los secretos.

María José no la miraba, pero Rosa sintió que en sus palabras había un juramento firme.

* * *

—No te rías. No tiene gracia.

Diego trató de contener las carcajadas, pero a los pocos segundos estaba encogido sobre sí mismo, incapaz de contenerse.

—¿Hombre mágico?

Rosa le lanzó un puñado de flores de manzanilla que se le quedaron enredadas en el pelo oscuro.

—Me sentí como una boba, ahí, intentando guardar el secreto. Mientras tanto, resulta que todo el mundo sabe que existes. Por lo visto, en el valle todos saben que apareces las noches de luna llena y hasta saben lo de tu cola.

Él se encogió de hombros y se acercó para darle un beso suave en los labios.

Estaban preparando otra remesa de licor de hierbas con el material que les había sobrado del día anterior. Después dejarían macerando las hierbas en el aguardiente dentro de las garrafas durante unas semanas.

—Llevo por aquí trescientos años. Es normal que alguien me haya visto en todo este tiempo. Ya te dije que a veces me olvido de tener cuidado.

Rosa desearía estar tan tranquila como él. Sin embargo, a su pesar, no fue capaz de enfadarse con él. Mientras trabajaban juntos, no podía evitar pensar en que era feliz a su lado. Sencillamente feliz.

Llenaron las garrafas con la mezcla de hierbas y flores, granos de café y peladuras de cítricos y las sellaron. Cuando hubieran macerado, colarían el líquido y lo embotellarían, pero eso sería el mes siguiente. Se les impregnó la piel de aromas deliciosos y se acostaron rebuscando en el pelo y la piel del otro pétalos y ramitas.

Cuando estaba a punto de amanecer, pensó que debería contarle a Diego lo que estaba ocurriendo en el valle, con Germán y su hermano confabulando para quedarse con todo el terreno posible y los planes del gobierno para construir el parque eólico, pero se durmió antes de poder hacerlo.

Al despertar, él ya no estaba allí.

Capítulo 30

Rosa se dio cuenta de que llevaba dos días sin mirar su teléfono cuando se lo encontró en el fondo de un bolsillo. Estaba sin batería, así que lo puso a cargar.

Nada más enchufarlo y conectarlo, el aparato empezó a pitar.

Sintió la tentación de desconectarlo. Al fin y al cabo, no lo había echado de menos para nada. Luego pensó que a lo mejor había alguna llamada o algún mensaje importante, aunque lo dudada.

Por supuesto, había un montón de llamadas perdidas de su madre, aunque ningún mensaje, porque los consideraba vulgares. Para Flora Florido, dejar notas de voz en aplicaciones era poco menos que indigno. Siempre decía que lo consideraba hablar sola, y solo los locos hablaban solos.

También Juan la había llamado, aunque él sí le había dejado varios mensajes, y también algún correo electrónico, como si pensara que así le iba a responder. No los oyó todos, porque básicamente todos eran el mismo. Le explicaba su plan y le ofrecía participar en él. Todo eran ventajas, sobre todo para ella, ahora que no contaba con el respaldo económico de Samuel y de la tienda. Según él, vender era su única salida.

También le decía lo mal y desamparado que se había sentido cuando la tía Hortensia le había dejado la casa a ella y solo a ella, cuando él creía merecerla también. Eran hermanos. ¿Por qué no le había dejado nada? ¿Acaso no había sido él quien había estado pendiente cuando había necesitado algo? Y jamás había pedido nada a cambio. Hortensia había demostrado ser tal y como siempre habían creído, una vieja desagradecida. Y también una inconsciente. Ni siquiera se había planteado si necesitaba esa propiedad, cuando ella... Y ahí se había callado, quizás dándose cuenta de que estaba yendo demasiado lejos. Al fin y al cabo, siendo él el dueño, todo eso no estaría ocurriendo. Por su culpa, estaban discutiendo.

A Rosa se le escapó una risa irónica. Desde luego, en eso tenía mucha razón.

Solo al final le preguntaba qué tal estaba y si necesitaba algo.

Su padre le había enviado un SMS con un saludo y un beso, tan comedido como siempre.

Samuel le pedía una cita en un escueto mensaje y le preguntaba si le importaría recibirle.

Rosa parpadeó.

¿Recibirle? ¿Se refería a que quería visitarla? ¿Allí, en su casa del valle?

Leyó otra vez el mensaje y tuvo que releerlo al encontrar las palabras claves.

... el miércoles, si no te importa...

El miércoles. Y el miércoles era...

—Mierda. ¡Mierda!

Como si el hecho de haber leído el mensaje lo hubiera invocado, Rosa escuchó el sonido de un motor en el exterior de la casa. No necesitó asomarse para saber que su exmarido había llegado.

Cerró los ojos y maldijo para sí.

Si tan solo no se hubiera despistado y no hubiera dejado morir la batería de su teléfono, él no estaría allí, porque le habría respondido claramente que no quería que fuera a verla.

Se pasó una mano por el cabello enredado y se ajustó la chaqueta de lana. Recogió la taza de café y la llevó al fregadero. Su mirada se paseó por el resto de la cocina, pero no le preocupó en absoluto el relativo desorden. Aquella era su casa y le daba igual lo que sus visitas indeseadas pensaran de ella.

Se le escapó una sonrisa al pensar en lo mucho que había cambiado en el tiempo que llevaba allí. No hacía tanto, la habría comido la ansiedad de solo ver un vaso fuera de lugar y pensar que una posible visita fuera a pillarla y pensara que era una desordenada.

Suspiró cuando escuchó que llamaban.

Fue a abrir con la cabeza en alto.

La expresión de Samuel al verla casi le arrancó una carcajada. Quizás esperaba a una Rosa acicalada, desesperada por complacerle, preparada y de punta en blanco. En cambio, se encontró a una mujer despeinada, ojerosa por haber pasado la noche en blanco, vestida con ropa vieja y una chaqueta enorme tejida con lanas de colores. Sin embargo, si había algo chocante en su aspecto, era su sonrisa.

Rosa aguantó su escrutinio con cuajo. Era posible que fuera la primera vez que la veía en años, que la veía de verdad.

—Me acabo de enterar de que venías. ¿Puedes creer que llevo días sin mirar el teléfono? Aquí se me pasa el tiempo sin darme cuenta.

—Pues que sepas que no he venido solo.

Rosa sintió que se le encogía el corazón en el pecho al mirar tras él y ver a Juan caminando hacia ellos. Sonreía como les sonreía a esos clientes incautos a los que quería endiñarles los pisos más caros y sintió cómo su buen humor descendía varios puntos.

Samuel dio un paso al frente, haciéndole ver que no les había invitado a pasar.

—Hola, hermanita. Alegra esa cara. Seguro que lo pasamos bien.

Rosa se resistió un poco, aunque solo para hacerle rabiar. Se hizo a un lado y los dejó entrar. Y al hacerlo vio que los dos habían tenido la cara dura de llevar una pequeña maleta cada uno.

Cuando la vio mirarlas, Samuel rio con aquella risa que tanto le había gustado en otros tiempos y ahora solo le parecía irritante.

—Tu hermano me dijo que tenías habitaciones de sobra.

—Ya...

—Lo pasaremos bien.

—Eso ya lo ha dicho Juan.

Rosa se plantó en el pasillo y a ellos no le quedó otro remedio que detenerse también.

—¿Qué ocurre? —preguntó Juan.

—¿Qué hacéis aquí?

Juan soltó la maleta y echó un ojo por encima de su hombro. Rosa casi pudo ver cómo su cabeza hacía cálculos sobre todo lo que veía. Y Samuel... La verdad es que no entendía qué diablos hacía allí.

—Hemos venido a hacer negocios. Ya sabes que tengo un amigo aquí. De hecho, tengo una cita con él en un rato.

Rosa señaló con la cabeza a su exmarido.

—¿Y él?

Samuel se encogió de hombros y le dedicó una sonrisa que pretendía ser encantadora y le resultó empalagosa.

—Solo quería volver a verte, conejito.

Rosa los miró y pensó que debería deshacerse de ellos cuanto antes, al menos antes del anochecer, pero no sabía cómo.

—Seguidme —dijo por el momento, incapaz de pensar con claridad—. Aunque tendréis que entender que los dormitorios no están preparados. No esperaba a nadie.

Si había alguien a quien no quería tener en su casa, y menos en los días de luna llena, era al traidor de su hermano y al imbécil de su ex.

—Es un sitio con muchas posibilidades.

Samuel se paseaba por la casa con las manos unidas a la espalda, chasqueando la lengua contra el paladar de vez en cuando y asintiendo la cabeza, como cuando visitaba las exposiciones de arte de amigos y conocidos y no quería decir lo que de verdad pensaba, que odiaba todo lo que veía.

Rosa sabía que la casa era vieja, que no estaba del todo limpia y ordenada, y que estaba llena de cosas inútiles, pero a ella le gustaba y no tenía intención de cambiar nada por el momento. Si había algo que le importara poco, era la opinión de Samuel acerca de ella.

—Debe de ser fría en invierno.

—Mucho. Ya lo es ahora.

—Y tú eres muy friolera. Todavía recuerdo cómo me ponías los pies helados encima en la cama.

Samuel se había acercado y le había rozado la mano con la punta de los dedos. Se apartó y se dirigió al descansillo.

—Tengo que ir a recoger los huevos.

—¡Oh, sí! Tu madre me dijo que tenías un pequeño negocio. ¿Te importa que te acompañe?

Rosa apretó los labios. No perdió el tiempo diciéndole a Samuel que su negocio no era tan pequeño ni tampoco en avisarle de que se cambiara de ropa ni el calzado antes de entrar en el gallinero. Una cura de humildad le sentaría bien.

Permaneció en silencio mientras caminaban hacia el gallinero, al tiempo que él hacía comentarios acerca de todo lo que veía. Por lo visto, la fachada de la casa era pintoresca, el prado era de un verde violento y el paisaje encantador. El canto de los pájaros abrumadoramente hermoso y el riachuelo y la vista de las montañas a lo lejos, la mar de relajantes.

—Casi entiendo que te guste esto, aunque, te seré sincero, a mí con un par de días me bastaría. Tanta naturaleza me satura. No me gustaría empezar a parecer un poeta de esos que tanto te gustan —añadió, con una risita que le hizo desear mandarlo al infierno.

Rosa pensó que podría responder algo, pero se dio cuenta de que él no necesitaba una respuesta, porque siguió hablando y haciendo comentarios vacíos sin parar.

Cuando llegaron junto al gallinero, arrugó la nariz al oler y ver a los animales.

—¿Cómo soportas esto? ¡Son bichos repugnantes!

Sin ningún tipo de compasión, Rosa lo empujó dentro del gallinero y rio con ganas al verlo apartar las plumas y a los pocos animales que se arrimaban con curiosidad. Samuel no era consciente de la suerte que tenía de que sus gallinas no fueran violentas y decidieran no atacarlo como a un enemigo.

Recogió los huevos y esquivó los manotazos de su ex, que era incapaz de calmarse y daba grititos sin cesar. Incluso tuvo que evitar que apartara a las gallinas a patadas, por temor a que les hiciera daño. No iba a consentir que les hiciera daño a sus queridas aves. Ellas valían mucho más que él en todos los sentidos.

Sintió la tentación de quedarse más tiempo del necesario, pero los gritos de Samuel la estaban sacando de quicio, así que lo sacó del gallinero y cerró la puerta.

Le sacudió las plumas a guantazos y lo miró de arriba abajo.

—¡Qué lástima de traje! Espero que no sea muy delicado.

Rosa estuvo a punto de empezar a reírse a carcajadas cuando Samuel descubrió que tenía los bajos del pantalón embadurnados con heces y barro. Si había algo que Samuel cuidara de verdad era su ropa, y era muy posible que ese traje fuera irrecuperable. Aun así, no sintió ninguna pena por él.

—Será mejor que volvamos a casa. Tengo que lavar los huevos.

Él la miró con horror. No podía comprender que él no fuera su primera preocupación.

Lo dejó allí y comenzó a caminar en dirección a la casa. Quería demostrarle que su vida cotidiana no iba a cambiar, aunque él estuviera ahí. Tenía quehaceres, labores. Y la limpieza de los huevos era primordial.

Además, su presencia alteraba a las gallinas, por mucho que ya estuviera fuera del gallinero.

—Puedes quedarte, si quieres, pero yo tengo trabajo —le espetó sin mirarlo, cuando ya había avanzado unos metros.

Samuel lanzó un gemido y dio un saltito para alcanzarla.

Rosa aceleró el paso solo para irritarlo. No podía evitar sentirse malvada.

Durante toda su vida juntos ella había sido la que había ido tras él, sintiéndose menos válida y buscando su aprobación. Había sido poco menos que un perrillo faldero para él, y la había tratado como tal. Incluso en la cama, ella le había servido y él se había limitado a disfrutar.

Ahora estaba ahí solo porque la necesitaba. O más bien necesitaba su dinero. Un dinero que creía que tenía.

Su madre lo había manipulado para que fuera a buscarla prometiéndole... ¿qué? ¿Una inversión en su negocio? Quizás incluso le había dicho que, con solo mostrarse un poco cariñoso, Rosa volvería al negocio y a ser su amantísima esposa.

Si no fuera porque la necesitaba, o más bien necesitaba algo de ella, Samuel ya la habría olvidado.

Dejó el cesto con los huevos junto al fregadero y abrió el grifo. Se enfundó los guantes y se puso a cepillar cada huevo con suavidad, revisando cada uno en busca de imperfecciones para descartarlo.

—¿Puedo ayudarte?

—Será mejor que te des una ducha y te cambies de ropa. No sé si has oído alguna vez que las gallinas pueden contagiar miles de enfermedades mortales —añadió con malicia.

Lo escuchó poco menos que correr por el descansillo en busca del cuarto de baño. Instantes después, el agua caliente corría a mansalva, y Rosa suspiró de alivio al sentirse libre de él por unos minutos.

Terminó de limpiar los huevos y de colocarlos en las hueveras. Limpió bien todo lo que había utilizado y se preparó un café.

Samuel había desaparecido ya hacía un buen rato y no había sabido nada de su hermano desde hacía horas. Suponía que debía de estar arreglando cuentas con Germán. No quería ni pensar en qué nuevos planes podrían estar ideando esos dos para los habitantes del valle.

Capítulo 31

—No entiendo a qué has venido. No es bueno que nos vean juntos.

Juan, que había esquivado la mirada de Germán, lo miró a los ojos.

A juzgar por su actitud, cualquiera diría que Espinosa era el dueño del local en el que estaban comiendo, del pueblo y del universo. No era solo que siempre caminase tan erguido, casi como si su espalda no tuviera las mismas curvas que las del resto de los humanos, sino que siempre parecía mirar más lejos y más allá. Cuando estaban juntos, Juan se sentía una hormiga estúpida a su lado. Y eso que no se consideraba alguien corto de ego.

—He venido a decirte en persona que creo que esta vez podré convencerla. Me he traído un arma especial.

Germán, que se había metido un enorme bocado de carne sanguinolenta en la boca, lo miró con una ceja enarcada. No hizo ninguna pregunta. Rara vez las hacía. Siempre decía que sus métodos no eran asunto suyo, siempre y cuando funcionasen.

Juan lo había conocido hacía un par de años, cuando fue a recoger a su tía abuela Hortensia para un funeral.

Vio el cartel para el proyecto del parque eólico al pasar y pensó que el negocio era lo bastante atractivo como para informarse sobre el asunto. En cuanto empezó a ponerse en contacto con los dueños de las tierras y las granjas, supo que tendría que lidiar con el cacique de la zona.

Claro que Germán Espinosa no se consideraba un cacique ni un terrateniente. Solo era un hombre que amaba su tierra, la tierra de sus antepasados.

Por lo visto, alguien de su familia había sido destinado allí para algún tipo de trabajo hacía mucho tiempo y se había enamorado del lugar. Y, desde entonces, su sangre corría por esa tierra.

Contaba aquella historia con un aire casi aburrido, sin demasiados detalles. Quizás pensaba que a él no tenía que convencerlo de que merecía ser el dueño de todo lo que lo rodeaba.

Muy pronto habían descubierto que hacían buen equipo.

Juan trataba con los propietarios y los convencía de vender y Germán le recompraba las propiedades a buen precio. Según él, no quería que sus vecinos supiesen que estaba haciéndose con la mayoría de las tierras. Aunque, por supuesto, la voz había corrido y se había acabado sabiendo. Más tarde, cuando se construyera el parque eólico, Juan recibiría un porcentaje por su actuación.

—No es que quiera juzgar tus métodos, pero no han funcionado hasta ahora. Tu hermanita es tan cabezota como tu tía. O más —dijo Germán, con la carne todavía a medio masticar en la boca.

Juan ahogó una mueca de repugnancia. Germán no solo era egoísta y prepotente, sino que lo trataba como poco menos que a un criado. Y sabía que a veces se había dejado e incluso se había arrastrado como un miserable por su dinero y su atención, pero odiaba cuando lo trataba así en público.

—Tampoco a ti te ha hecho demasiado caso.

Germán tragó y Juan pudo ver cómo su garganta se movía. Imaginó el trozo de carne prácticamente cruda bajando por su tráquea como una metáfora de sí mismo. Al lado de Espinosa no era más que un trozo de ternera poco hecho.

—No me gustaría que se pusiera igual de pesada que tu tía. Aunque al final... —Germán se encogió de hombros y dio un sorbo a su copa de vino tinto—. Bueno, ya sabes..., el problema desapareció solo.

Juan parpadeó.

Espinosa sonrió y siguió comiendo con apetito. Él, en cambio, ya no tenía hambre. A su pesar, recordó la última cena con su familia y su hermana en casa de sus padres. ¿Qué había preguntado Rosa entonces acerca de la muerte de Hortensia? ¿Acaso sabían de qué había muerto? Y el día que habían hablado por teléfono también había dicho algo extraño, que él había estado con ella cuando había muerto, algo acerca de su olor...

Su mirada se fijó en las manos de Germán, grandes y fuertes, cortando trozos enormes de carne sangrienta y llevándosela a la boca.

Sintió náuseas, pero se quedó allí, incapaz de moverse.

De pronto, fue consciente de que estaba atrapado en un cepo y de que tal vez la única forma de salir de él era cortándose una pata.

* * *

Cuando Samuel apareció al fin, con una toalla diminuta envuelta alrededor de las caderas, el pecho salpicado de gotitas de agua y el pelo mojado, Rosa pensó que era el intento de seducción más burdo que había visto en su vida.

Abrió la boca para decirle algo cuando estornudó la primera vez. La toalla, que estaba ajustada de modo precario, se cayó y le regaló a Rosa la panorámica más deprimente posible: el pene de Samuel estaba encogido por el frío y los nervios.

Al ir a agacharse para recogerla, se tropezó con un estante que había cerca de la entrada de la cocina y tiró todo lo que había allí. De ese modo, el intento de seducción se convirtió en el mayor ridículo posible.

Samuel huyó y se refugió en el dormitorio que le había asignado, dejándola tranquila.

Rosa ni siquiera se rio, todavía estaba demasiado sorprendida de que Samuel siguiera intentando conquistarla, si es que a las tonterías que hacía se le podía llamar así. Ojalá comprendiera que no quería nada de aquello y la dejara tranquila.

Salió de la cocina y dejó la casa, para ahorrarse más sustos. Todavía quedaba un rato para el atardecer, pero cualquier cosa era mejor que quedarse cerca de él.

—Un bonito ejemplar de hombre. Aunque no es lo que yo escogería.

Rosa se sobresaltó al escuchar la voz.

Hortensia caminaba a su lado. Solo que no caminaba, era como si flotase. Pensó que era de mala educación fijarse en cómo andaba, pero no pudo evitarlo. Sus pies descalzos no se movían, se limitaban a deslizarse por la hierba, como si estuviera encima de una pasarela. Cuando se dio cuenta de lo que miraba, Hortensia sonrió.

No debería extrañarse de que apareciera así, porque, al fin y al cabo, era un fantasma, o algo similar. Pero ojalá avisara antes.

—Es más bonito por fuera que por dentro.

—Sí, es una lástima cuando ocurre así. Pero es maravilloso cuando la persona a la que amas es hermosa por fuera y por dentro, querida.

Juraría que le había guiñado un ojo, aunque era complicado saberlo, porque su figura era algo borrosa. No es que fuera transparente, pero tampoco era nítida del todo. Estaba allí, pero no era de verdad. Esa vez iba vestida con uno de sus vestidos de flores y una chaqueta de lana de colores, y llevaba el pelo suelto sobre los hombros. Casi podría decirse que era un reflejo de sí misma, solo que mayor y... muerta.

—Supongo que no has venido a hablar de hombres. O de mujeres.

Hortensia puso los ojos en blanco, si es que los fantasmas podían hacer eso.

—Tan práctica como siempre, mi niña. ¿Nunca te das una tregua para disfrutar de la vida?

—La otra vez no pude preguntar nada.

—Ya, bueno, digamos que no solemos venir a este plano a hablar de cosas bonitas, o de hombres y mujeres guapos, ¿verdad? Una lástima.

La imagen de Hortensia se debilitó un poco y luego volvió a ser la misma. El sol empezaba a descender por el horizonte y quedaba poco para el atardecer.

—Me habría gustado mucho conocerte, tía.

Hortensia giró la cabeza y miró hacia la carretera.

Rosa también miró, pero no vio nada.

Cuando su tía volvió a mirarla, su imagen era mucho más borrosa y la luz había menguado casi del todo. De pronto parecía triste, aunque sonreía.

—Recuerda, niña: todo debe acabar para que pueda volver a empezar.

—¿Qué?

Hortensia extendió una mano hacia ella y abrió la boca, pero Rosa no pudo escuchar lo que decía, porque se desvaneció con los últimos rayos de luz.

Diego no se sorprendió al encontrársela en la cabaña. Sabía que había visitas en la casa y también que Rosa no se sentía precisamente feliz por ello.

—Tranquila, no iré a la casa esta noche.

Rosa asintió, aunque no pareció tan contenta como habría esperado por sus palabras.

—He hablado con Hortensia hace un rato.

Lo dijo en un tono tan monocorde que supo que estaba conteniendo las lágrimas. Se acercó a ella y le acarició la barbilla. Ese leve roce hizo que Rosa se desmoronara y lo abrazase con fuerza.

—Creo que va a ocurrir algo malo. Eso que ha dicho, «Todo debe acabar para que pueda volver a empezar», ha sonado horrible. Y su expresión ha sido peor que las palabras. Me ha dado miedo —gimió contra su pecho.

Diego no era tan idiota como para no saber que algo ocurría. No era solo que en su forma de gato captase conversaciones y sensaciones, sino que había notado su tensión y la de María José. Por no hablar de que los Ortega, en su breve estancia, habían tenido una buena ración de charlas y discusiones en los rincones de la casa.

Y esas palabras.

«Todo debe acabar para que pueda volver a empezar». Sonaba a algo que diría alguien como Azucena, o incluso su abuela Dalia. Hortensia había sido una mujer directa, poco apta a los circunloquios y las frases exóticas.

¿Qué había querido decir?

Rosa le contó al fin, entre hipidos y suspiros, que el valle tal y como lo conocían podría desaparecer en breve, y que Juan y Germán estaban en el ajo.

—Han estado comprando las tierras y las granjas de un montón de gente durante los últimos años, y es posible que presionaran a Hortensia para vender, como han hecho conmigo. Siento no habértelo dicho antes, pero solo quería disfrutar de un poco de felicidad. Perdóname.

Él la abrazó con fuerza y le besó la frente. Recordó a Hortensia en sus últimos días, hosca y silenciosa. No le había hablado de esas ofertas, del mismo modo en que Rosa no le había hablado de sus preocupaciones. Las comprendía, porque él también prefería pensar que todo iría bien y olvidar lo malo, sobre todo después de lo que habían sufrido.

—Sé que tu tía no le habría vendido jamás la casa a un Espinosa, y Germán también lo sabe.

Rosa levantó la cabeza de su pecho para mirarlo.

—¿Crees que Germán...?

Sabía lo que le estaba preguntando. Los dos estaban pensando en lo que él había sentido: el resto del olor de Germán en el cuerpo de Hortensia el día de su muerte. Hasta ese momento, no había comprendido qué hacía Germán en la casa, pero ahora todo adquiría un tinte macabro.

No quiso expresar sus sospechas con palabras. Se obligó a sonreír para tranquilizarla y la besó.

—Será mejor que vuelvas a la casa, o tus visitas sospecharán que no quieres estar con ellos.

—Es que no quiero estar con ellos. Ojalá se largaran para no volver.

Diego no pudo menos que sonreír. Se inclinó hacia ella y le dio un beso leve junto al oído al tiempo que le susurraba:

—Quién sabe, tal vez me cuele en tu cama a medianoche, cuando todos duerman...

Rosa sonrió al fin.

Sabía que no había conseguido engañarla ni hacerla olvidar las palabras de Hortensia, pero sí calmar su angustia por unos instantes.

—Todo va a ir bien, te lo aseguro.

Ella asintió, aunque no pudo evitar una presión en el pecho.

—Más te vale venir, o no te lo perdonaré jamás, don Diego de la Hera y Cervantes.

Diego la besó.

—Te juro por mi vida y por la magia de la luna llena que jamás te abandonaré. No te librarás de mí nunca nunca nunca —dijo con tono solemne.

Rosa rio y le dio una palmada en la mejilla.

—Es el juramento más horrible que he escuchado en mi vida, pero te lo haré cumplir. Ya sabes lo cabezotas que somos las Florido.

Cuando Rosa regresó a la casa, se sentía mejor. Con suerte, sus visitas se largarían al día siguiente y todo iría bien.

El juramento de Diego había sonado ridículamente solemne, pero la había hecho sentir muy feliz, más de lo que se había sentido jamás.

Capítulo 32

Juan dio un volantazo al darse cuenta de que había estado a punto de salirse de la carretera.

Había bebido demasiado licor de hierbas con Germán, aunque no por los motivos que el rico pueblerino creía. Sin duda, Germán Espinosa pensaba que Juan celebraba con él la derrota definitiva de su hermana, pero Juan solo pretendía acallar las voces de su cabeza que le gritaban que escapara de allí cuanto antes.

¡Oh, sí, Germán se había salido con la suya, como siempre!

Le había hecho prometer que conseguiría la firma de Rosa esa misma noche.

Había llevado los papeles de la venta de los terrenos y de la casa con él, cómo no. De lo contrario, esa visita a Ermita del Valle no tendría ningún sentido. Aunque quería a su hermana, no la visitaba por sus lazos familiares.

Para su sorpresa, Rosa había resultado ser más dura de pelar de lo que había pensado.

Cuando la tía Hortensia había muerto, no le había sorprendido que no le dejara nada, teniendo en cuenta que sus últimos encuentros no habían sido precisamente cálidos. A pesar de lo que le había dicho a su hermana, siempre había sabido que le dejaría la casa a ella. Solo que decírselo habría resultado raro cuando lo que quería era hacerla sentir culpable para que vendiera.

La última vez que se habían visto, Hortensia le había echado de allí y le había dicho que no sería bienvenido si seguía en tratos con Germán.

—Entiendo que mires por ti, muchacho, al fin y al cabo, Flora te ha criado para pensar que las cosas más importante del mundo son el dinero y el bienestar, pero Germán no es el camino correcto —le había dicho con una sonrisa triste de santurrona que le había cabreado, porque se había sentido como un crío inconsciente. Y él era un hombre de negocios exitoso. Había conseguido cosas importantes y conseguiría mucho más algún día. ¿Qué tenía de malo eso y que su madre pensara en su porvenir?—. Espabila, Juanito, o perderás tu alma.

«Espabila, o perderás tu alma», había dicho la vieja, con aquella sonrisa de sabihonda que siempre ponía cuando lo miraba, como si ella supiera más que nadie de todo.

Pero resulta que había muerto sola, tirada a la entrada de su casa, sin un bicho viviente que acudiera en su ayuda. Ni siquiera ese maldito gato que siempre rondaba por ahí. Y ella se lo había buscado, porque nunca había hecho nada por ser como los demás de la familia. Ni siquiera había hecho esfuerzos por mantener una relación cercana con su propia hermana, su marido y su familia. No, ella había preferido quedarse en el culo del mundo, pensando que, si alguien quería verla, fuera allí. Una maldita egoísta, como Rosa.

Apretó el volante cuando la voz de Rosa repitió en su cabeza aquella dichosa pregunta de qué sabían acerca de la muerte de su tía.

—Murió sola y amargada, como se merecía —musitó Juan para sí, frenando de golpe en la esplanada frente a la casa que le había pertenecido.

Seguro que le había dejado la casa a Rosa solo para joderlo.

En su cabeza dura de vieja bruja debió de ser un plan perfecto. Ninguno lo había visto venir, pero ella sí. La vieja Hortensia, sola en su casa de bruja piruja, alejada de la familia por a saber qué vieja historia, había sabido bien que Rosa no vendería la casa tras su muerte, porque Rosa era como ella, otra futura bruja piruja divorciada y amargada.

—Malditas sean las dos.

Se le escapó una risa que a medio camino se convirtió en un llanto ahogado. Estaba demasiado borracho como para controlar sus sentimientos. Era liberador poder decir lo que sentía, aunque no hubiera nadie allí para escucharlo.

Su madre sabía, hasta cierto punto, lo que se traía entre manos, aunque no que Germán Espinosa estuviera metido en ello. Sabía que se conocían y que se traían algún tipo de negocio entre manos, pero no hasta qué punto estaban mezclados. Conociéndola, quizás lo aprobase, aunque no podía estar seguro al cien por cien, así que no se lo había contado. Había accedido a ayudarlo cuando le había contado que necesitaba que convenciera a Rosa para vender la casa y las tierras.

—Necesito el dinero —le había dicho, para pasar a hablarle someramente de una ampliación del negocio inmobiliario, sin mucho detalle.

Flora ni siquiera se lo había planteado. Al fin y al cabo, Juan siempre había sido su favorito, y Rosa... Rosa no necesitaba nada de todo eso. Podía volver con Samuel, a su tienda, a su sueño de crear esculturas insípidas y amorfas que nadie comprendía.

Todo parecía sencillo, pero al final había resultado que Rosa no se quería dejar manejar.

Abrió la ventanilla del coche para dejar que el aire frío le despejara la cabeza. Ese maldito licor de hierbas, fuera de lo que fuera que estuviera hecho, le había llenado la cabeza de pensamientos extraños.

No era que se sintiera culpable.

—No, maldita sea. Me lo merezco.

Se lo merecía. Había trabajado mucho por todo eso. Llevaba años trabajando en ello, sin ver apenas a su familia, sacrificando por el camino a su propia sangre.

¿Y todo para qué?

Vio movimiento cerca de la casucha de madera que había a poca distancia de la casa principal. Al enfocar la vista, reconoció a su hermana envuelta en una de las deformes chaquetas de su tía.

En la distancia, se parecían tanto que por un momento le pareció estar viendo una versión más joven de Hortensia y sintió un escalofrío. Tenían la misma estatura, el mismo cabello largo, solo que el de su tía ya no era oscuro, sino canoso, el mismo color de ojos azules... A veces hasta le parecía que hablaban igual.

Pero aquello no podía ser. Era el alcohol, que le estaba jugando una mala pasada.

—Solo te queda una oportunidad —había dicho Germán antes de despacharlo, mientras levantaba un vaso de licor—. Hazlo o estarás fuera. Al fin y al cabo, a estas alturas ya eres un experto —añadió con una palmada que le hizo trastabillar.

Juan había asentido, aunque el estómago le había dado un vuelco ante sus últimas palabras. ¿Qué otra cosa podía hacer?

Cerró los ojos y sintió las lágrimas caer por las mejillas. Dejó que su mente escapara lejos de allí. Necesitaba concentración para lo que iba a hacer.

Rosa no se molestó en llamar a la puerta de Samuel para ver si necesitaba algo o para preguntarle si quería cenar.

Se preparó una tortilla francesa y una ensalada y casi se obligó a comer mientras pensaba en lo que había ocurrido esa tarde. Le habría gustado poder hablar más de ello con Diego, pero no quería que ni Samuel ni su hermano supieran de su existencia.

En ese momento, habría agradecido tener un televisor para no tener que escuchar sus propios pensamientos dando vueltas sin parar a la frase que había pronunciado Hortensia.

«Todo debe acabar para que pueda volver a empezar».

Sonaba como uno de esos mensajes de las tazas de desayuno que tanto odiaba, o como una profecía inescrutable de novela fantástica. Si no viniera del fantasma de su tía abuela muerta, la descartaría sin más, pero su origen, por fuerza, tenía que ser significativo.

Dio un grito de agradecimiento cuando escuchó la puerta y vio entrar a Juan. Cualquier distracción era buena, aunque proviniera de su hermano traidor apestando a alcohol.

—¿Te has bebido toda la producción de licor de hierbas de la zona?

—Casi, aunque ha sido en contra de mi voluntad. Ni siquiera me gusta ese mejunje.

Rosa le señaló una silla y le sirvió una taza de café ya frío. Lo había preparado a mediodía, pero dudaba que él notase la diferencia.

—¿Sabes que lo preparaba la tía Hortensia? Ahora estoy aprendiendo a hacerlo yo.

Juan dio un pequeño respingo y emitió algo parecido a una risa, aunque sonó bastante amarga.

—Cómo no. Todo lleva a esta casa siempre.

Ella no dijo nada. Sabía que en algún momento tendrían que hablar del asunto en serio, pero supuso que no sería esa noche, teniendo en cuenta el estado de Juan.

—Me encanta esto, Juanito —le dijo, tomándolo de la mano—. De verdad me hace muy feliz estar aquí.

Para su sorpresa, él apartó la mano y se levantó.

—Me voy a acostar.

Juan desapareció por el descansillo, supuso que rumbo a su dormitorio, y Rosa se quedó mirando hacia la puerta por la que había desaparecido, sintiéndose muy sola de repente. Esa casa nunca había estado tan llena de gente desde que había llegado al valle, pero nadie comprendía ese lugar ni a ella. Solo Diego lo hacía. Y era irónico, porque se conocían desde hacía unos pocos días y era como si llevaran juntos toda la vida.

Se levantó y dejó todo tal como estaba.

De repente, se sentía agotada y no le apetecía recoger nada ni ponerse a fregar los platos. Podrían esperar.

Al fin y al cabo, todo seguiría ahí cuando despertara.

Capítulo 33

Habría deseado esperar despierta a que Diego se colara en su cama, como le había prometido, pero se durmió en cuanto su cabeza tocó la almohada. Había sido un día extraño y tenso, y estaba agotada. Por eso, cuando notó que alguien la acariciaba por debajo de la ropa y le susurraba al oído, le costó reaccionar.

—No sabes cuánto te he echado de menos, conejito. Me he sentido frío sin ti...

Rosa empezó a volver desde el mundo de los sueños, deshaciéndose de ellos poco a poco, notando el tacto de unas manos y unos labios apremiantes.

—Has adelgazado, pero eso se solucionará cuando regreses a casa. Ya sabes que me gustan las mujeres con más carne.

—Diego, amor mío...

—¿Diego? —La voz, que había sonado melosa y cálida, subió dos tonos y se volvió aguda—. ¿Quién cojones es Diego? ¡Conejito!

Rosa terminó de despertar mientras Samuel le gritaba una sarta de maldiciones en el oído. Por lo visto, pensó, no del todo consciente todavía de lo que estaba ocurriendo, la manera definitiva de deshacerse de él era deslizar que estaba con otro hombre. De haberlo sabido, se lo habría dicho hacía mucho tiempo.

Mientras lo escuchaba perorar sobre su orgullo masculino herido y lo traicionado que se sentía, él, que la había dejado por otra, Rosa se recompuso el camisón y se recostó en la cama. Se ahorró decirle que no se había acordado de su existencia hasta que su negocio había entrado en crisis.

—¿Te importaría bajar el tono? Mi hermano está durmiendo ahí al lado.

Samuel calló un instante, hasta que se dio cuenta de que podía usar a Juan como arma.

—¿Sabe Juan que te acuestas con otro?

Rosa dejó escapar una risa traviesa.

—¿Necesitas que te recuerde que estamos divorciados y que fuiste tú quien me lo pidió a mí? Legalmente puedo acostarme con uno y con mil, si quiero.

Samuel enrojeció y pareció perder fuelle.

—Pero te he pedido una oportunidad. Estamos...

—No estamos nada. Te he dicho varias veces que no quiero saber nada de ti, de tu negocio ni de nada que tenga que ver contigo. Me ha costado meses deshacerme de ti y de tu recuerdo y jamás me he sentido más ligera. No sé cómo quieres que te lo diga. Quiero a otro hombre y soy muy feliz aquí. Espero que te vayas por la mañana y me dejes en paz. No te guardo rencor, pero déjame tranquila, por favor. Adiós, Samuel. Espero que esta vez para siempre.

Probablemente, él se quedó con las ganas de decir algo, pero habría sido absurdo insistir después de aquello.

Por una vez, Samuel comprendió su derrota y se marchó con toda la dignidad que pudo acaparar. Cerró la puerta tras él con un portazo para demostrar que era el vencedor moral de ese combate. No sabía si le haría caso y se largaría al día siguiente, pero estaba claro que ya no tenía mucho más que hacer ahí después de aquello.

—Así que quieres a otro hombre. ¿Lo conozco?

Rosa se sobresaltó al escuchar la voz de Diego. Aunque luego pensó que no era sorprendente que estuviera ahí, entre las sombras, como un gato.

—¿Cuánto has oído?

Él rio y se sentó en el borde de la cama. Olía a aire frío y a hierbas secas.

—Lo suficiente. Aunque no hace falta que me expliques nada. Son cosas que se dicen para espantar a los moscones.

Rosa notó cómo una especie de ardor le subía por el estómago hasta el pecho al escuchar su tono indiferente. Además, estaba aquella sonrisa que rayaba la estupidez. Durante unos instantes, sintió la tentación de echarlo a él también de allí para siempre.

Se cruzó de brazos, molesta.

—¿Y qué pasaría si fuera cierto? ¿Sería tan horrible que me hubiera enamorado de ti?

Diego se acercó lo bastante para que ella viera que en su mirada no había nada de indiferencia. Sus ojos estaban llenos de algo que ella no pudo distinguir, pero era intenso como el fuego.

—Apenas nos conocemos, pero cuando he visto a ese imbécil sobre ti he echado de menos mi espada y mis pistolas. No se me daba mal la esgrima en mis tiempos —añadió sin una pizca de falsa modestia—. Te juro que habría usado todo lo disponible para alejarlo para siempre de ti.

Rosa sintió que se quedaba sin aliento ante sus palabras.

Diego estaba a apenas unos centímetros de ella y había hablado en susurros, pero su voz había resonado como un disparo.

—¿Y por qué no has hecho nada?

Él sonrió de lado, mostrando el atisbo de un colmillo puntiagudo.

—Porque tú te has bastado sola para echarlo, mi vida. No me has necesitado para nada. —Diego se acercó un poco más—. Y en cuanto a lo del amor...

Rosa no supo si iba a decir nada más, porque él aprovechó para hacer desaparecer la distancia que los separaba y la besó.

A ella no le importó que no respondiera. Tenían toda la vida por delante para el amor, o lo que fuera que los unía.

Capítulo 34

Juan estaba tumbado en la cama, con la ropa puesta y los ojos cerrados, aunque no se había dormido. A su alrededor, la casa crujía y crepitaba, acomodándose con el frío de la noche.

Hacía alrededor de una hora había escuchado las voces de su hermana y de Samuel discutiendo, pero ya no se oía nada en la casa, más allá de los cimientos asentándose.

Inspiró hondo para tratar de que su corazón se tranquilizara, aunque sabía que eso no haría su tarea más sencilla. No era lo mismo quemar la casa de un desconocido que hacerlo con la de su hermana.

No conocía a esos granjeros y no le importaban en absoluto.

Además, según Germán, habían salido ganando. Espinosa había comprado sus tierras y habían podido largarse de allí para siempre.

—No habrá investigación, tranquilo. Yo me encargaré de ello —había dicho Germán.

Y así había sido. No comprendía cómo se las arreglaba para salirse siempre con la suya.

Juan no era precisamente un experto pirómano. Se había manchado la ropa con gasolina y había tenido que limpiar el coche a fondo en un local especializado donde no le habían hecho ninguna pregunta.

A veces todavía olía el humo y escuchaba a los animales gritando. Se suponía que nadie iba a sufrir, pero luego había resultado que el lugar estaba lleno de ganado que había muerto achicharrado. Todavía tenía pesadillas con esos gritos. Cuando se despertaba sobresaltado, tenía que decirle a su esposa que todo era debido al estrés. Por suerte, ella se lo creía. Jamás hacía preguntas ni cuestionaba nada. Pero eso era porque todo había salido bien hasta ese momento. Si algo se torciera, ¿qué pasaría con ella y con su hijo? ¿Cómo iba a explicarles todo lo que había hecho?

Se giró en la cama y se encogió sobre sí mismo. No quería volver a hacerlo, pero no sabía cómo librarse de ello.

Germán lo tenía agarrado por las pelotas y él mismo se las había puesto en la mano. Además, sabía que Germán no dudaría en destrozarlo y dejarlo en la estacada a la mínima oportunidad. Era cierto que las autoridades locales no investigaban las actividades del ricachón local, pero no ocurriría lo mismo con Juan.

Con un sollozo, se levantó.

Sintió que algo le rozaba la mano y la apartó del picaporte, asustado. Había sido algo frío, como húmedo.

—¿Hola?

Nadie respondió, por supuesto. Estaba solo. Nadie comprendería jamás lo que estaba a punto de hacer, aunque lo explicara, porque no tenía justificación posible.

Apretó los puños y salió del dormitorio con

cuidado y después de la casa. Llegó hasta el coche y sintió la tentación de escapar y dejarlo estar. Solo que no quería perderlo todo. Era demasiado ambicioso como para eso. Era un cabrón y había llegado demasiado lejos como para echarse atrás ahora.

Abrió el maletero y sacó la garrafa de gasolina. Por experiencia, sabía que no hacía falta demasiado combustible cuando la casa era vieja. Además, la estructura era de madera y estaba llena de trastos. Ardería bien.

Germán contempló a Juan Rodríguez Florido desde su coche, aparcado junto a la caseta, fuera de la vista de la casa.

Llevaba allí casi dos horas y había estado a punto de hacerlo él mismo, pero al fin el imbécil se había decidido. Era una lástima, porque habría disfrutado al quemar esa maldita casa en persona, pero siempre era bueno no mancharse las manos.

Una cosa era que las autoridades hicieran la vista gorda a cambio de una buena cantidad de dinero y otra era que se pasaran por alto pistas demasiado evidentes. Por eso era mejor que otros se encargasen de los trabajitos sucios por si era inevitable que alguien tuviera que pagar el pato.

Y se temía que esta vez alguien acabaría en chirona por lo que estaba ocurriendo. Dos incendios sospechosos en la zona en tan poco tiempo no eran moco de pavo.

Germán se encendió un puro para disfrutar del espectáculo. Y entonces notó que ocurría algo.

El muy imbécil se había quedado parado con la garrafa de gasolina en la mano frente a la puerta. ¿Qué diablos le ocurría?

Salió del coche, a pesar de que así delataría su presencia. Desde donde estaba no podía ver más que a Juan, allí parado como un idiota, con la cabeza un poco girada hacia la derecha, como si estuviera viendo a alguien frente a él.

Solo que allí no había nadie.

Germán comenzó a caminar hacia él. Si perdían esa oportunidad, tal vez no tuvieran otra.

—Voy a tener que encargarme yo, malditos sean.

Juan no notó que la garrafa se le escurría de las manos.

Hacía apenas unos instantes estaba decidido a hacerlo, a terminar con todo, y entonces había vuelto a sentir aquel tacto frío, solo que esta vez lo había sentido en el rostro.

Y entonces la había visto.

Supuso que debería haber sentido miedo, pero sintió dolor, y vergüenza.

Su tía Hortensia lo miraba con cariño y le acariciaba la mejilla. Estaba como siempre, con su melena canosa cayendo sobre los hombros y una de sus chaquetas de lana de colores cubriendo uno de sus vestidos. Solo que era imposible que estuviera ahí, porque estaba muerta.

—No lo hagas, Juan.

—Tengo que hacerlo —balbuceó. Tenía la boca pastosa por el alcohol y el miedo.

—¿De verdad?

Era muy típico de ella hacer una pregunta así. Dejaba en sus manos la elección, como si de verdad hubiera alguna.

Se le llenaron los ojos de lágrimas y cayó sobre las rodillas.

—¿Qué diablos te pasa, imbécil? ¡Levanta del suelo ahora mismo!

—Mi tía... Ella me ha dicho...

Germán le dio un empujón y trató de levantarlo del suelo, aunque no lo consiguió.

—¿Tu tía? La maldita bruja sigue tan muerta como el día en que la dejé ahí tirada.

Juan lo miró entre los párpados hinchados. Germán no parecía consciente de lo que acababa de decir. Había recogido el recipiente con la gasolina y había empezado a lanzar chorros de gasolina contra la fachada y la puerta.

—¿Mataste a mi tía?

Germán no pareció haberlo escuchado. Había lanzado la garrafa vacía a un lado y buscaba cerillas o el encendedor en los bolsillos, sin éxito.

—¿Qué? ¿Qué dices de tu tía?

Juan se levantó y se acercó a él a trompicones.

—Que si la mataste, joder.

Germán pareció comprender al fin lo que decía. Dejó de rebuscar entre sus ropas y lo miró con sorpresa.

—¿De verdad crees que es el momento de hablar de esto?

—Dime si lo hiciste.

Espinosa sonrió y le dio la espalda. Dio una calada al puro y de pronto cayó en la cuenta de que no necesitaba otra cosa para prender la gasolina.

—Supongo que sabes que no necesito responder a eso, pero te diré que tu tía estaba muy enferma y que ese día discutimos. Yo solo le di el último empujón.

Juan dio un paso atrás, aterrado por su frialdad. Al hacerlo, tropezó y cayó.

Germán se encogió de hombros y se giró hacia la casa. Suspiró y lanzó el puro hacia la puerta.

Al principio pareció que no funcionaría, pero al poco rato la llama prendió y se expandió por todo el frente.

Espinosa contempló su labor durante unos minutos, hasta que pensó que sería contraproducente quedarse allí más tiempo. Aquello estaba hecho y, sí, no había duda de que no había nada como hacer las cosas uno mismo.

Pasó junto a Juan camino al coche y no se molestó en mirarlo.

Juan miró cómo las llamas crecían en la fachada de la casa, mientras sentía cómo la rabia surgía en su interior.

Germán iba a salirse con la suya y él acabaría pagando, pensó de pronto. Había sido un idiota.

Levantó la vista y miró a Germán, que casi había llegado hasta su coche.

Muy pronto, Espinosa se habría largado y llegarían los bomberos, la Guardia Civil... y las pruebas lo acusarían a él. Y también descubrirían que había quemado la granja y la casa de los Ortega. De haber alguna prueba contra Germán, él se encargaría de hacerla desaparecer, como siempre.

Por eso estaba él allí, para servir de chivo expiatorio.

Se levantó y trastabilló antes de conseguir ponerse en pie. Antes de darse cuenta de lo que estaba haciendo, empezó a correr hacia Germán. Esa noche no se saldría con la suya.

La había cagado, y mucho, pero todavía estaba a tiempo de corregir parte de lo que había hecho.

Cayó sobre él y lo derribó, aunque Germán era mucho más pesado.

* * *

Algo cayó en algún lugar de la casa y despertó a Rosa.

Se giró en la cama a duras penas. Sus movimientos eran pesados y le costaba respirar.

Inspiró hondo, pero empezó a toser cuando los pulmones se le llenaron de humo. Y entonces se dio cuenta de lo que estaba ocurriendo. La casa estaba ardiendo.

—¡Diego! ¡Despierta!

Entre toses, sacudió a Diego, que parecía tener el sueño más pesado que ella. Pero él no se movía.

Rosa se deslizó de la cama y se puso lo primero que encontró encima. Asomó la cabeza por la puerta y vio que no había humo solo en su dormitorio, sino que toda la casa estaba igual.

Lo que les había ocurrido a los Ortega había ocurrido allí también.

Cerró los ojos y trató de respirar hondo, pero la tos la hizo doblarse sobre sí misma.

No era el momento para pensar. Tenían que salir de allí si no querían terminar muertos como el ganado de Julio y Aurora.

De pronto, recordó que Samuel y su hermano también estaban en la casa. Corrió lo más rápido que pudo a sus dormitorios para avisarles.

La puerta del de su hermano estaba abierta y pudo ver que la cama estaba intacta. Era posible que se hubiera dado cuenta de lo que ocurría y hubiera salido. Aliviada, se dio la vuelta para ir a buscar a Samuel.

—¡Samuel! —gritó, con la voz ya ronca por el humo y la tos.

—¿Qué ocurre? —lo escuchó en algún lugar a su derecha.

No lo veía a causa de la oscuridad, pero la alegró saber que se encontraba bien.

—Sal de la casa, rápido. Yo voy a buscar a Diego.

—No hay nadie más en casa, conejito. Ven conmigo.

A través de la oscuridad, pudo ver su mano tendida hacia ella, pero la ignoró. Dio media vuelta y volvió al dormitorio, o al menos lo intentó. Una llamarada le impidió entrar. Más allá de la puerta de donde habían estado hacía solo unos minutos, solo había un infierno.

Y Diego seguía en la cama.

Trató de gritar, pero ya no le quedaba voz ni apenas oxígeno en los pulmones.

No se dio cuenta de cuando Samuel la arrastró fuera de la casa, lejos de las llamas. El fuego le había quemado el pelo y parte de la ropa.

No lloraba. No podía, no era capaz de hacerlo.

Tenía los pies descalzos y estaba temblando de frío, pero no notaba el aire helado. Encogida sobre sí misma, solo podía pensar en que lo había perdido todo.

Ahora sí lo había perdido todo.

Capítulo 35

—Tu hermano nos necesita.

Rosa escuchaba a su madre como quien escucha un aparato de radio de fondo, sin ponerle atención.

Flora parecía haber envejecido diez años en el último mes, como si el peso de todo lo que había hecho Juan hubiera acabado con sus ganas de aparentar, de luchar contra el envejecimiento y contra el mundo.

Ahora todas sus energías iban destinadas a los abogados, a ahorrar todo el dinero posible para la familia de Juan, que había descubierto, horrorizada, que su rico y exitoso esposo y padre no lo era tanto, y, por supuesto, para ignorar las habladurías de los conocidos.

Tenía también una pequeña gota de compasión para su hija, que había perdido su casa y todo lo que poseía.

Solo que Rosa tenía intacta su reputación. Ella no era una pirómana y una delincuente. Para Flora, que había considerado que Juan era poco menos que perfecto, era impensable que algo así estuviera ocurriendo. Juraría que a veces pensaba que no era más que una pesadilla.

Pero Juan los necesitaba unidos y a su lado, claro. Él, que había engañado a un montón de gente y había estado dispuesto a quemar la casa de su propia hermana, aunque, por suerte, se había arrepentido en el último minuto...

—Fue Germán —insistía Flora siempre—. Una mala influencia. Mala sangre.

Pero Germán estaba libre y Juan no.

Germán había sido señalado, pero todavía estaba por ver si conseguirían acusarlo en firme de algo. Era listo y Juan no era lo que se dice un testigo fiable, por muchos documentos y pruebas que se hubiera guardado.

Cuando la Guardia Civil había llegado, los había encontrado peleando, pero habían creído a Germán, por supuesto. Juan, borracho, apestando a gasolina, acusando al mayor terrateniente del lugar, no era el hombre más fiable del mundo. Germán se había marchado a su casa y allí había seguido, mientras que Juan había sido encarcelado, acusado de dos incendios, el de la casa de su hermana y el de la granja de los Ortega.

Y ese solo había sido el inicio de la pesadilla.

Rosa estaba cansada de escuchar lo mismo una y otra vez, día y noche. Quería llorar sus propias penas sin que nadie le dijera que había otra persona cercana que sufría más que ella.

De la noche del incendio apenas recordaba nada. En un instante se sentía feliz y asustada por su descubrimiento de sus nuevos sentimientos por Diego, y al siguiente lo había perdido para siempre.

Hortensia la había avisado y ella lo había olvidado a los pocos segundos. Era una estúpida. El aviso estaba ahí, muy claro. «Todo debe acabar para que pueda volver a empezar». Todo debe acabar. La estaba avisando de la muerte de Diego y del incendio de la casa, y ella no había sabido verlo.

Después del incendio, con las manos vacías, había tenido que volver con sus padres porque no le había quedado más remedio, o eso pensaba, pero empezaba a creer que había sido un error. A medida que pasaban las semanas y se acercaba el final de octubre, estaba más y más convencida de que tenía que volver al valle.

En Ermita del Valle solo quedaban los escombros de su casa y unas tierras vacías, pero al menos era algo suyo. En casa de sus padres nadie la escuchaba y ni siquiera la veían, como no fuera para reprocharle el hecho de no haber ayudado a tiempo a Juan.

Si ella hubiera vendido las tierras y la casa, él no habría llegado a esos extremos. Por culpa de su cabezonería, todo se había desmadrado y Juan había acabado desesperado. Ella era la culpable final de su desgracia, le decían. Como si Rosa no lo supiera.

Rosa pasaba los días como un fantasma, pero no solo por la tristeza. Solo quería que no le reprocharan más cosas, que no la acusaran una y otra vez de la mala suerte de su hermano. Prefería estar a solas con su dolor.

Al menos, se dijo con ironía, se había librado de Samuel, y parecía que para siempre.

Durante unas semanas, la había visitado y llamado sin parar. Por lo visto, pensaba que le debía algo por haberla sacado de la casa y, según él, haberle salvado la vida. Al final había logrado hacerle entender que no lo quería, que jamás volvería a sentir nada por él. Incluso llegó a pensar que había aprendido a apreciarla de verdad. Pero ya no le importaba. Era demasiado tarde.

—Te agradezco lo que hiciste, pero ya está, Samuel. De verdad, adiós.

Él había asentido y le había dado un beso en la mejilla antes de irse. Desde entonces, no había vuelto a saber nada de él. Y había sido un alivio cerrar esa parte de su vida.

Salió de la habitación, convencida de que su madre ni siquiera se daría cuenta de su ausencia.

Llevaba la ropa de Flora y vivía en su casa. Allí no había nada suyo, salvo lo que llevaba puesto la noche del incendio. Y aún eso pertenecía a Hortensia. Era una de sus chaquetas y todavía olía a humo.

Con un suspiro, empezó a preparar una bolsa con las pocas cosas que le quedaban. Había tomado la decisión de volver al valle y ese solo pensamiento había hecho que se sintiera más ligera.

Que ella recordara, todavía quedaba la cabaña en pie. Con un poco de trabajo, podía hacerla habitable hasta que pudiera construir otra casa. Y también quedaba el gallinero, del que ahora se hacía cargo María José. Era lo único que le quedaba en el mundo.

No tenía ni idea de lo que costaría ni el tiempo que llevaría, pero tenía el dinero del seguro, y estaba convencida de que María José y la gente del pueblo le echarían una mano. En todo caso, lo conseguiría de algún modo. Era una mujer Florido, y, como Diego había dicho, era una cabezota. Si alguien podía hacerlo, era ella.

Por primera vez en un mes, se sintió mejor. Con una chispa de vida. Podía respirar hondo sin sentir que se le desgarraba algo por dentro.

No había podido respirar hondo desde que Diego había muerto.

Aunque los bomberos no habían encontrado su cadáver, era imposible que estuviera vivo. Las llamas habían sido tan voraces que lo habían destruido todo, aunque era improbable que hubieran devorado un cuerpo en su totalidad, o eso le habían dicho. Sin embargo, si no estaba muerto, ¿por qué no había vuelto? O quizás no quería hacerlo... La posibilidad estaba ahí, por mucho que el solo hecho de pensarlo fuera cruel. Tal vez... él simplemente había desaparecido para siempre.

Pero no quería pensar en él. Dolía.

Cuando terminó de preparar el pequeño bolso de viaje, salió de su dormitorio y fue al salón, donde estaba su madre.

Flora había seguido hablando como si siguiera allí.

Se acercó para darle un beso en la mejilla enflaquecida.

—Te quiero, mamá, pero no os aguanto más —dijo—. Vuelvo al valle.

Flora se quedó sin palabras por una vez.

—Pero tu hermano...

—Mi hermano sabía dónde se metía cuando lo hizo. Y yo también soy mayorcita y sé lo que hago. Te llamaré cuando llegue.

—Juan te necesitará.

Rosa inspiró hondo y retuvo el aire en los pulmones antes de soltarlo. Durante días, había dolido respirar hondo por culpa del humo, y también pensar en todo lo que había perdido, pero ya se sentía mejor. El solo hecho de haber tomado una decisión había logrado que pudiera volver a respirar.

—Estaré a su lado cuando sea el momento, pero ahora mismo necesito alejarme de aquí y pensar.

Espero que lo comprendas. Me ha hecho mucho daño y sencillamente no puedo soportar todo esto.

Flora bajó la mirada y no dijo nada. Rosa tampoco lo esperaba. En el caso de tener que escoger entre los dos, no cabía duda de que escogería a Juan, su niño bonito.

—Allí ya no te queda nada ni nadie.

Rosa no había esperado una alusión a Diego, aunque fuera indirecta. Flora sabía sin lugar a duda que él había muerto, pero no había hecho ningún comentario al respecto.

—Aquel es mi hogar.

Su madre no dijo nada. Tardó unos segundos en reaccionar y, cuando lo hizo, Rosa se sorprendió, porque Flora asintió.

—Llama cuando llegues y mantente en contacto. Por favor. No me gustaría perderte como perdí a mi tía.

Por primera vez en mucho tiempo, Rosa sintió que su madre comprendía o, al menos, se resignaba a sus deseos. No podía pedirle mucho más. Por el momento, tendría que bastar.

—Hola, estaré ahí en un par de horas.

María José no esperaba su llamada, eso era evidente. Se escuchó un susurro al otro lado de la línea. Debía de estar con su marido o con alguno de sus hijos.

—Te estaré esperando.

Rosa sonrió y sintió que un peso desaparecía en su pecho. Si había alguien que jamás iba a intentar convencerla para no hacer algo o la iba a llamar loca, esa era María José.

La ayudaría a instalarse y luego ya verían lo que hacían, pero no verían los problemas antes de que llegaran. El solo hecho de hablar con ella la hizo sentirse mejor. A lo largo de esas semanas habían conversado en un par de ocasiones, pero Rosa no había estado en condiciones de tener charlas largas. Estaba deseando poder sentarse con María José y poder contarle todo lo que sentía. Sabía que podría ser sincera con ella y que al menos ella la escucharía sin juzgarla.

—Gracias.

—Te he echado mucho de menos, amiga.

—Y yo.

Colgó el teléfono y se montó en el coche.

Tiró la bolsa de viaje en el asiento trasero y no miró atrás.

Capítulo 36

—Diego...

Flotaba.

La sensación era agradable, como dormir o nadar, solo que no hacía ninguna de las dos cosas.

—Don Diego de la Hera y Cervantes.

Hacía mucho tiempo que nadie le llamaba así, como no fuera a modo de broma. Era el nombre de un hombre que había sido hacía mucho tiempo. Y él ya no era un hombre, al menos no todo el tiempo.

Ese lugar, estuviera donde estuviera, era cálido como un edredón de plumas. Así debía de ser el útero materno. Solo que no podía moverse, y eso no era tan bueno.

—Diego...

La voz, que antes había sonado amable, empezaba a ser apremiante. Y molesta.

Él quería quedarse allí flotando, aunque no pudiera moverse.

Solo que hacía un instante eso mismo le había molestado. Él quería moverse, volver a caminar, hablar, volver con ella...

Ella.

¿Cómo se llamaba?

Rosa. La mujer que le había dicho que lo amaba.

—¡Diego!

La voz sonó ahora definitivamente enfadada y Diego abrió los ojos, aunque la luz blanca que lo envolvía todo le hizo cerrarlos con una punzada de dolor.

¿Dónde diablos estaba? ¿Por qué no era de noche? ¿Dónde estaba la luna llena?

Se incorporó, aterrorizado al no reconocer la casa del valle ni la caseta de madera. Aquello tampoco era su valle, ni el riachuelo, ni nada que él hubiera visto jamás.

De hecho, aquello era... el vacío.

No había nada más que un espacio lleno de luz blanca y él estaba solo.

—¿Rosa?

Giró sobre sí, buscándola.

Lo último que recordaba era a Rosa en la cama, dormida con una sonrisa, con su cabello castaño sobre la almohada. Había intentado no dormirse, pero no había podido evitarlo. Le habría gustado que no se durmiera, para poder decirle que también la quería. Aunque tenía miedo de amarla, porque era más fácil que ella creyera que era un ser superficial que se dedicaba a ver los años pasar y a disfrutar de la vida.

—No has cambiado nada en trescientos años.

Diego notó que un escalofrío le recorría la columna al reconocer al fin la voz que lo llamaba. Se giró para buscar su origen. Y entonces la vio, caminando hacia él, tan hermosa e incitante como siempre.

Azucena tampoco había cambiado en trescientos años. Seguía siendo la misma joven que lo había enamorado y embaucado. No todo el tiempo que habían pasado juntos había tenido ese aspecto, por supuesto. Ella había envejecido, por mucho que hubiera luchado contra los años, embadurnándose con afeites y hierbas, ungüentos y cremas, porque decía que así lo mantendría a su lado, feliz y enamorado. Y él se había quedado, aunque ahora sabía que lo que había sentido por ella no tenía nada que ver con el amor.

—No eres muy amable al pensar eso, don Diego de la Hera y Cervantes, aunque te perdono —dijo Azucena con un leve encogimiento de hombros, mientras se acercaba hasta él y se colocaba a su altura.

—¿Dónde estamos?

Azucena sonrió y le rozó la cara con la punta de los dedos.

—Estamos muertos, querido.

Diego dio un paso atrás, aterrado.

—¿Y esto es el cielo?

Ella echó la cabeza y rio con esa risa clara que tanto le había hecho temblar de deseo.

—Claro que no, cariño. Nosotros no estamos destinados a ir al cielo. Digamos que es una especie de limbo.

Diego miró a su alrededor, asustado, pero no había nada que ver. Aparte de ellos dos, todo era luz blanca. Ni siquiera había techo ni suelo ni paredes. No sabía cómo se mantenían en pie.

—No...

—En estos años te he oído mil veces pedir la muerte, querido. O más de mil. Ahora ya tienes lo que querías. ¿A qué viene ese miedo?

Diego negó con la cabeza. ¿Cómo era posible que hubiera muerto? Durante trescientos años había sido herido decenas de veces, había pasado hambre, había enfermado, y jamás había rozado siquiera la muerte. Había llegado a la conclusión de que no podía morir. Y todo porque tenía una misión que cumplir. No podía morir hasta que la cumpliera.

—¿Por qué ahora?

Azucena giró la cabeza hacia un lado y apretó un poco los labios, como si se estuviera pensando si responder o no.

—A lo mejor es que ahora es cuando tenías algo que perder. ¿Qué crees tú?

Diego seguía negando con la cabeza.

Lo que decía Azucena no tenía sentido. Ella misma le había dicho que su abuela Dalia le había dado la poción para convertirlo en gato, que sería así para proteger a las mujeres de la familia y que permanecería así hasta que cumpliera su misión en la vida. ¿O había sido él el que se había convencido de ello para no sentirse inútil?

Durante años, se había convencido a sí mismo de que de verdad no quería esa existencia, de que todo tenía un significado profundo, de que estaba ahí por un motivo importante o porque tenía una misión que cumplir. Que había un destino más importante que él mismo.

Pero a lo mejor todo eso no eran más que bobadas.

Quizá...

Quizá solo estaba ahí porque una joven se había encaprichado de él y no quería que se fuera del valle.

A medida que ese pensamiento se iba formando en su cabeza, pudo ver cómo Azucena levantaba la barbilla.

No había ni rastro de arrepentimiento en su mirada.

—Te quería y eras mío. Y tenía el poder para conseguirte.

—Y la detención de tu abuela te dio la excusa.

Azucena hizo un mohín con los labios.

—Ella no tuvo nada que ver. Encontré el bebedizo en un libro y lo probé. Hablaba de la magia del amor de la luna llena, pero no decía nada de la transformación. Eso fue toda una sorpresa. Pero no salió tan mal, ¿verdad? —añadió la joven, con una risa divertida—. Lo hemos pasado muy bien durante todos estos años.

—Me hiciste creer todo este tiempo que tu abuela lo había hecho.

Azucena apartó la mirada, aunque volvió a mirarlo, desafiante. No se arrepentía de lo que había hecho.

—Ibas a marcharte, y no quería que te fueras.

Diego parpadeó, incrédulo. Durante muchos años había pensado que las últimas palabras de Dalia tenían algo que ver con lo que le ocurría, pero ella solo le estaba dando las gracias y diciéndole que en algún momento tendría una recompensa por su ayuda. Y Azucena se había aprovechado de su credulidad.

—Podrías haberme pedido que me quedara. O podrías haber venido conmigo. Podríamos haber sido felices juntos.

Ella lo miró con extrañeza.

—Fuimos muy felices juntos. No me digas que no fue así. ¿Acaso te habrías quedado si te lo hubiera pedido? ¡Oh, no me mires así! Un señorito como tú, un noble. Antes o después, te habrías dado cuenta de que no tenías nada que hacer conmigo.

Te habrías divertido un tiempo y después me habrías abandonado.

—Eso no es cierto.

—¡Claro que sí! Habrías corrido a las faldas de tu madre.

—Ella te habría aceptado si...

Azucena rio con amargura.

—Una dama jamás habría aceptado en su casa a una campesina acusada de brujería como yo. ¿Y sabes algo? ¡Yo tampoco quería irme de aquí! No me arrepiento de lo que hice y jamás conseguirás que me sienta culpable —le espetó, con los ojos llameantes de satisfacción.

Diego dio un paso hacia ella, pero al final se detuvo. ¿Qué sentido tenía intentar pedirle algún tipo de justificación si los dos estaban... muertos?

Cerró los ojos y trató de olvidar el pasado. Ya no había nada que hacer al respecto. Había cosas más importantes que tratar y no tenían nada que ver con ellos dos.

—Rosa también está...

La vio apretar los labios y apartar la mirada. Por unos instantes temió lo peor.

—No. Ella vive —dijo con desprecio—. Pero seguro que no quieres volver con esa mustia. ¡Ahora podemos estar juntos, como siempre quisiste! ¿Cuántas veces me dijiste que ojalá pudiera vivir para siempre, como tú? Pues ahora podemos ser eternos.

—Díselo.

Diego giró la cabeza para mirar a quien había hablado.

Hortensia había aparecido tras él, fuerte, hermosa y sonriente, tal y como siempre había sido.

—Díselo, maldita seas.

—No te metas, vieja inútil.

—Llevas trescientos años jugando con él y no voy a permitírtelo durante más tiempo. Déjalo libre para ser feliz.

Azucena se pasó la lengua por los labios y Diego tuvo la sensación de que se estaba perdiendo algo.

Se volvió hacia Hortensia e ignoró a Azucena.

—¿Qué ocurrió esa noche? ¿Fue Germán quien te...? —No fue capaz de terminar la frase. Se le llenaron los ojos de lágrimas y bajó la mirada—. Te echo mucho de menos.

Hortensia le acarició la mejilla y sonrió.

—Mi corazón era débil hace muchos años y yo no había querido verlo. Germán y yo discutimos y mi corazón falló. —Hortensia emitió una sonrisa triste—. Él no me auxilió, pero tampoco podría haber hecho nada para ayudarme. No estés triste por mí, tú todavía puedes ser feliz, si quieres. Todo debe acabar para que pueda volver a empezar.

—No te atrevas a meterte.

Hortensia ignoró a Azucena. Le dio la espalda por completo y se centró en Diego. Le enmarcó el rostro con las manos para que la mirara.

—Tienes una única opción de escoger. Piénsalo bien.

Él la miró sin comprender a qué se refería.

—Estoy muerto.

—No, Diego. Recuerda que, fuera lo que fuera que te hizo Azucena, tú no puedes morir, no del todo.

—Entonces, ¿tú tampoco estás muerta?

Hortensia negó con la cabeza.

—Cariño, yo solo he venido a ayudarte, a explicarte la situación. Y me queda muy poco tiempo aquí. Muy pronto estaré en el otro lado.

Azucena rio.

—No lo comprenderá jamás. Era un estúpido chiquillo cuando llegó a nuestro valle y no ha cambiado ni una pizca en trescientos años. Ha sido muy divertido jugar con él como con un muñeco. Tenía todas las pistas y nunca sospechó la verdad, ¿te lo puedes creer?

Hortensia la ignoró.

—¿Quieres regresar con ella o descansar? Decídete. ¡Decídete!

La voz de Hortensia sonó más débil en las últimas sílabas, porque su imagen había empezado a desvanecerse.

Diego apenas tuvo tiempo de comprender que su tiempo con ella se estaba agotando.

—¡Decídete, Diego! Es tu última oportunidad. Adiós, querido.

Hortensia desapareció de entre sus brazos y lo dejó con la misma sensación de desolación que cuando murió. Inspiró hondo y se giró hacia Azucena, que jugueteaba con uno de sus mechones oscuros.

—¿Puedo regresar con Rosa?

Ella evitó mirarlo, pero pudo ver aquel mohín en sus labios. La había conocido lo suficiente como para darse cuenta de que le ocultaba algo.

—No puedo hacerlo si tú no lo pides.

Diego pensó que, de no haber aparecido Hortensia, Azucena se habría salido con la suya. Sintió deseos de..., pero no quería perder el tiempo con esa mujer. Le había contado un cuento acerca de una misión casi mística para tenerlo en sus manos durante trescientos años, y había pretendido robarle su muerte del mismo modo que le había robado su vida, pero no iba a robarle más tiempo.

—Quiero volver.

Un ramalazo de rabia recorrió el rostro de la joven. Por un instante, su belleza desapareció del todo.

—Te lo di todo.

Él no respondió. Se limitó a mirarla en silencio, esperando.

—Quiero volver con ella, Azucena. Hazlo.

Ella cerró los ojos y apretó los labios.

—Serás un humano corriente y vulgar. No conocerás los placeres de la noche, olerás mal y envejecerás, como todos. Sentirás dolor, enfermarás y odiarás cada día de tu estúpida vida. Me echarás de menos y te arrepentirás cada segundo de lo que estás haciendo.

Diego se acercó a ella y le acarició la mejilla.

Sorprendida, Azucena abrió los ojos y lo miró. Durante unos instantes, recordó lo que había sentido por ella, la pasión, el deseo. Sintió lástima por esa mujer, que no había conocido el amor verdadero.

—Amaré cada instante de mi vida siempre y cuando pueda estar con ella.

La mirada de Azucena reflejó su derrota.

Diego no vio el gesto de su mano que lo expulsó del limbo ni tampoco escuchó sus últimas palabras, llenas de amargura.

—Adiós, amor mío.

Capítulo 37

La noche del 31 de octubre en Ermita del Valle no se parecía a nada que hubiera vivido antes.

En la ciudad se habían olvidado las tradiciones ancestrales por las importadas y ahora todo eran niños disfrazados de brujas, fantasmas y calabazas. En el pueblo, en cambio, se asaban castañas, se comían buñuelos, huesos de santo y se hacían visitas nocturnas a los cementerios.

Los aficionados al teatro habían representado *Don Juan Tenorio* para disfrute del resto de los vecinos, y María José y Rosa habían servido comida y licor de hierbas a todos los que lo habían deseado.

Desde su regreso, su integración entre los habitantes de Ermita del Valle iba camino a ser completa. Había empezado a trabajar a media jornada en el mesón, gracias a Luis, aunque como camarera no era gran cosa, y ya no podía imaginarse en otro lugar. Incluso había vuelto a esculpir, aunque solo piezas diminutas que regalaba. Eran pequeñas figuras gatunas que le salían sin querer y le recordaban a don Diego. Se las daba a los niños, a los que les encantaban. A veces se los cruzaba y veía que las usaban a modo de llavero o colgante, y se le escapaba una sonrisa.

Nada más volver, había comprobado que la cabaña seguía intacta, y también su contenido. Había acondicionado el lugar como vivienda provisional. Al fin y al cabo, no tenía apenas nada y tampoco necesitaba gran cosa para vivir.

Había instalado un camastro y había recolocado los pocos muebles que había. No necesitaba mucho más.

Allí dormía y comía en el trabajo. Había retomado el negocio de los huevos y tenía una rutina que le hacía la vida mucho más fácil. Además, le ayudaba a no pensar demasiado.

Con María José había terminado de preparar el licor de hierbas que había empezado a fabricar con Diego y lo habían embotellado. Les había quedado una cosecha bastante decente, así que había decidido seguir con el plan inicial y venderlo.

—La gente se pirra por él. Serías tonta si no lo hicieras.

Así que, aparte de vender huevos, ahora también vendía licor de hierbas. Aunque a Rosa le daba pena deshacerse de lo poco que le quedaba de Diego, así que se quedó con parte de las botellas de recuerdo.

En broma, decía que era una potentada pueblerina.

Cuando no estaba trabajando y rompiendo platos en el mesón o vendiendo productos caseros, se dedicaba a intentar reclamar al seguro el pago por la casa, para empezar cuanto antes la reconstrucción.

Ya tenía los planos y quería regresar a su casa cuanto antes. Sabía que no sería lo mismo, pero era menos que nada. Y alejaría las opciones de tener que volver a casa de sus padres, que era su peor pesadilla.

Necesitaba mantenerse entretenida para no pensar en lo que había perdido.

—¿Por qué no vuelves a casa? No me importa quedarme.

—No, no estoy cansada.

María José le dio una palmada en el hombro.

—Hace media hora que te estoy hablando y no has escuchado ni una sola palabra de lo que te he dicho. Además, no creas que no te he visto mordisqueando esas galletas de jengibre. Sigues con náuseas. ¿Cuándo vas a pedir cita con el médico?

Rosa bufó y pensó que era inútil tratar de ocultarle algo a su amiga. Era cierto que llevaba días sintiéndose más cansada de lo normal y que tenía las tripas revueltas. Había pensado que había comido algo en mal estado, pero, para ser una intoxicación, aquello duraba demasiado.

—Pediré cita el lunes, ¿de acuerdo? Prometo comportarme como una niña buena.

—Espero que sea cierto y descanses. Ya estoy cansada de dramas. Necesitamos una racha buena, para variar.

Rosa sonrió y asintió. No quería decirle a su amiga que quizás no era el cansancio, sino que esa noche era distinta. Llevaba horas con la sensación de que algo iba a ocurrir, aunque era absurdo.

¿Acaso no era la noche en que los muertos volvían y los fantasmas se aparecían?

—He hablado con Juan hoy.

María José no simpatizaba demasiado con su hermano, así que bufó, aunque era una mejora con respecto a cómo había reaccionado a su nombre hacía solo unas semanas. No le había gustado escuchar que, además de haber estado metido en las compraventas de tierras de sus vecinos y ser el intermediario de Germán, había quemado la granja de los Ortega. Por no hablar de que había intentado quemar su casa tambíen. Solo toleraba hablar de él porque había confesado los crímenes de Germán y eso hacía que lo mirase con mejores ojos.

—¿Y qué se cuenta?

—Parece que por fin alguien le ha escuchado y van a investigar a Germán.

María José aplaudió. No perdonaría a Juan jamás, pero todos comprendían que el auténtico instigador era Germán, y el muy sinvergüenza todavía campaba a sus anchas por ahí, aunque ya no asomaba su cara por el pueblo con tanta alegría, porque todos sabían lo que había estado haciendo. Incluso se comentaba que planeaba irse a la ciudad un tiempo hasta que todo se olvidase. Como si eso fuera posible.

—Ojalá le hagan caso y metan en chirona a ese cabrón.

—No tengo muchas esperanzas, pero al menos han detenido el proyecto del parque eólico y parece que el valle se va a salvar.

María José la abrazó y le dio un beso pegajoso en la mejilla.

—Solo por esa noticia, te mereces ir a descansar.

Rosa negó con la cabeza.

—No, en serio. Quiero quedarme a recoger contigo. Es demasiado trabajo para ti sola.

—Yo puedo ayudar.

Rosa levantó la vista hacia quien había hablado y sintió que se le cortaba la respiración. Abrió la boca para hablar, pero no salió una sola palabra de sus labios.

—El hombre mágico...

Diego, porque era él, nadie más tenía unos ojos como aquellos, con un inconfundible tono amarillento, sonrió y le guiñó un ojo a María José.

—Don Diego de la Hera y Cervantes, para servirla —dijo, bajando la cabeza en una reverencia rápida y formal—. ¿Les importa si las acompaño al interior?

Sin esperar a que le dieran permiso, dio un salto, pasando por encima del tablero que estaban usando como mostrador. Se colocó entre las dos y se paró ante Rosa, que no podía dejar de mirarlo.

Le temblaban las manos, las piernas y todo el cuerpo. Pensó que debería haberse retirado cuando había tenido la oportunidad de hacerlo. Porque, sin duda, estaba enferma. Había perdido la cabeza por culpa del agotamiento, estaba claro.

Diego estaba muerto. Los bomberos no habían encontrado su cuerpo, pero él estaba muerto. Porque, de lo contrario, ¿dónde había estado durante todas esas semanas en que ella se había sentido morir?

No podía estar ahí, sonriéndole.

Aunque esa noche era la noche de difuntos. Era posible...

—¿Estás aquí?

Levantó una mano y le acarició la mejilla.

Estaba caliente y un poco rasposa por la barba incipiente. No recordaba que Diego hubiera tenido barba nunca. Además, juraría que tenía alguna cana que antes no tenía. También tenía el pelo más largo, y ojeras, y alguna arruga. Sus ojos ya no estaban rasgados y al sonreír sus dientes ya no asomaban tan puntiagudos como antes. Era más imperfecto que nunca, pero era más maravilloso de lo que había sido jamás. Hasta olía de un modo diferente. Olía humano. Y delicioso.

Era él, pero a la vez era distinto.

—¿Eres un fantasma?

Diego rio, aunque no le molestó su risa, porque él parecía tan impresionado y encantado de verla como ella.

Le tocó el pelo, ahora corto hasta el hombro, porque se lo había quemado en el incendio y se lo había tenido que cortar. Sus ojos azules estaban opacos por el agotamiento y la tristeza. Seguro que también le sorprendía lo delgada que estaba. También tenía ojeras y estaba demacrada, pero a él no parecía importarle, a juzgar por su sonrisa maravillada.

—No soy un fantasma. —Se giró y señaló la luna. Era como una enorme C. Estaba en cuarto menguante—. ¿Ves? No está llena.

Rosa sintió que los ojos se le llenaban de lágrimas.

—¿Estoy loca, entonces? No es que me importe, si es que puedo tenerte aquí.

Diego rozó su frente con la suya.

—No, amor mío. Es solo que ahora soy humano, y viviré como un humano, con todas sus miserias y sus alegrías. Por ti.

Rosa sintió que las rodillas le fallaban. Se sentía tan abrumada que no sabía si lo resistiría.

Diego la sostuvo y la apretó contra sí. No lo admitiría jamás, pero él también se sentía débil y no había estado seguro de cómo lo recibiría hasta que había visto sus ojos llenos de felicidad.

—Creía que no volverías jamás. Y durante un tiempo te odié en mi interior, porque me juraste que nunca me ibas a abandonar —la oyó murmurar—. No sabes cuánto lo he pedido. He pedido cada noche que volvieras.

Diego suspiró y aspiró su aroma a hierbas. De modo que esto era ser humano otra vez.

Si por un instante había dudado en regresar, ahora sabía que no se había equivocado. Solo por ese instante, había merecido la pena.

Ahora comprendía las palabras de Hortensia. «Todo debe acabar para que pueda volver a empezar». Diego y Rosa debían terminar con el pasado para poder volver a empezar de nuevo, casi como desconocidos.

La abrazó con fuerza y se sintió feliz y satisfecho.

Azucena estaba equivocada. No se arrepentía de su decisión, incluso si ahora era un hombre imperfecto. No había nada mejor que eso, si ella estaba allí, junto a él. Ahora, por fin, podría decirle que también la amaba, que la eternidad no sería un impedimento para estar juntos.

Tras él, escuchó el sonido del descorchar de una botella.

—Siento interrumpir este momento tan romántico, pero creo que hay que celebrar esto. Y nada mejor que un licor de hierbas fabricado por una pareja de amantes. ¿Os apetece? No hace falta que os diga que vuestro secreto quedará entre nosotros para siempre. —De pronto, María José se lo quedó mirando y enarcó una ceja—. Perdona la impertinencia, pero ¿tú no tenías cola?

Diego y Rosa miraron a María José, que había servido tres vasitos de licor de hierbas. Los tres bajaron la mirada hacia el trasero de Diego, donde hasta hacía poco había habido un apéndice peludo y juguetón.

—Es una lástima —dijo Rosa, con una sonrisa socarrona—. Era mi parte favorita.

Diego la miró sin poder creer que hablara en serio.

Entonces, ella rio. Diego no sabría jamás si bromeaba o no, pero le dio igual. La abrazó y la besó, disfrutando del momento. Pasara lo que pasara en adelante, todo sería nuevo y distinto.

Alzaron los vasos de licor de hierbas y brindaron por el futuro, los secretos familiares y el poder del amor verdadero.

Epílogo

La mañana era fría pero clara. Estaban todos reunidos junto al riachuelo, de espaldas a los andamios de la nueva casa del valle, ya en construcción.

El sacerdote se encogió en su casulla y miró a la concurrencia. Carraspeó y juntó las manos ante el pecho.

—Nos hemos reunido en este... lugar... —el nuevo carraspeo incómodo no sirvió para que los asistentes se sintieran más culpables, a su pesar— para unir en santo matrimonio a este hombre y a esta mujer...

Rosa agarró la mano de Diego con fuerza. Todavía se le hacía raro tenerlo junto a ella a la luz del día, aunque fuera un frío día de invierno.

Los últimos tres meses habían sido extraños y a veces agotadores, pero no los cambiaría por nada. Juan había hecho un trato con la Fiscalía y estaba en la cárcel a cambio de entregar todas las pruebas contra Germán Espinosa, que por fin iba a pagar por años de trapicheos. Gracias a su hermano, se habían destapado negocios sucios que en Ermita del Valle nadie había podido imaginar. Por suerte, todo aquello había quedado atrás, o estaba en camino de enmendarse.

Juan cumpliría una pena reducida, algo que no contentaría a Flora, que jamás creería que su hijo era capaz de cometer una maldad, pero eso era mejor que cargar con el peso de todo lo que había ocurrido.

Todo lo sucedido pasó por su mente, que todavía era incapaz de asimilar a veces toda la felicidad que se había afincado en su vida. A veces, decía a modo de broma que era la falta de costumbre. Incluso en ese momento, su imaginación necesitaba alguna distracción para no estallar de emoción. Por eso su mirada se posó en un ave que se había plantado en la roca en la que Diego adoraba pasar los días cuando era un gato.

—¡Es un petirrojo! Nunca había visto uno tan cerca.

—Están deliciosos.

—¡Diego!

—Es difícil olvidarse de tantos años como gato. Aunque también tenía sus cosas buenas...

El cura carraspeó y los miró con algo cercano al odio.

—Les recuerdo que estamos en una ceremonia sagrada. Un poco de respeto no vendría mal.

Rosa se sintió culpable por haberse distraído con tanta facilidad. Al fin y al cabo, aquel era el día de su boda.

¿Cómo era posible que estuviera ahí, casándose con don Diego de la Hera y Cervantes, que hasta hacía unos pocos meses se pasaba la práctica totalidad de su vida en forma de gato?

Lo miró a la luz del sol.

Diego estaba guapísimo con el sol cayéndole sobre el cabello. Jamás se cansaba de mirarlo, de tocarlo, de olerlo. Si alguna vez había creído lo que era el amor junto a Samuel, había estado equivocada.

Y también era increíble que, después de todo lo que habían vivido, él se hubiera levantado un día con la idea de que deberían casarse. Que debían vivir juntos todo lo que no habían disfrutado en sus vidas. Rosa había pensado que estaba loco, pero apenas había dudado en aceptar.

¿Por qué no?

La vida le había enseñado que todo podía desaparecer en un instante. Así que ahora lo vivía todo a tope, sin pensárselo.

—Creo que puede pasar usted directamente a la parte de los «Sí, quiero».

Rosa se sintió tentada de darle un codazo a Diego por su impertinencia, pero luego pensó que, teniendo en cuenta su sonrisa, era probable que él se sintiera igual de impaciente que ella por acabar con aquello.

El sacerdote puso cara de resignación y aceleró la ceremonia. Además, hacía frío y todos estaban deseando celebrar el enlace con una copita de licor de hierbas.

—Si me llegan a decir que presenciaría tu boda con el hombre mágico, jamás me lo habría creído.

Rosa miró por encima del hombro de María José en busca del sacerdote, pero estaba demasiado entretenido comiendo y bebiendo y no parecía haber escuchado nada de lo que había dicho. De todas formas, era posible que incluso él hubiera escuchado algún cotilleo acerca del misterioso origen de Diego. Era un secreto a voces en el valle que Diego no era lo que se dice un tipo... corriente.

—Te seré sincera: si me dicen hace un año que iba a volver a casarme, y por la iglesia, me habría reído en su cara.

María José la abrazó.

—Tu tía habría estado muy contenta por los dos. O, mejor dicho, por los tres —añadió, señalando su vientre hinchado.

El día en que el médico le había dicho que su intoxicación alimentaria no era otra cosa que un bebé, Rosa había pensado que el doctor estaba de broma. Era imposible que estuviera embarazada. Lo había intentado durante un tiempo y no lo había conseguido. De hecho, se había olvidado de tomar precauciones porque creía que era estéril.

Cuando se lo había dicho a Diego, pensó que no había comprendido lo que le estaba diciendo. Estaba tan callado que le dio miedo su reacción. Hasta que vio sus lágrimas no entendió que estaba tan emocionado y feliz que no era capaz de hablar.

—Me habría gustado tanto conocerla más. Si no fuera por ella, nada de todo esto sería posible.

Rosa miró a Diego, que no tenía ningún problema para confraternizar con sus nuevos vecinos. Cualquiera diría que había nacido entre ellos.

Su familia no estaba allí, pero María José, Luis y los suyos habían compensado con creces su ausencia.

Luis había aportado la comida del mesón y no faltaba de nada. La boda era sencilla, y también la ropa, pero jamás había sido tan feliz.

—No van a desaparecer si dejas de mirarlos.

Diego la abrazó por detrás. Puso una mano sobre su vientre y la acarició con amor.

Rosa llevaba un rato un poco apartada, con un zumo de naranja en la mano, contemplando el riachuelo y a la gente que disfrutaba. Se había envuelto en una de las chaquetas de Hortensia, que se había librado de milagro del fuego porque estaba en la cabaña, para protegerse del frío y sonreía.

—Lo sé. Es solo que quiero grabar este momento en mi cabeza y mi corazón.

Diego la apretó un poco más y la besó.

—Habrá muchos momentos más así. Esto es solo el principio.

Agradecimientos

Cuando era adolescente solía soñar con un gato que venía de noche a mi dormitorio y que luego se convertía en hombre. Soñé con él durante mucho mucho tiempo. El año pasado, sin venir a cuento, volví a soñar con él. Fue como una señal de que tenía que contar esa historia.

Así que aquí está, aunque no sé si le he hecho justicia al hombre gato de mis sueños.

Quiero dar las gracias a los lectores que me siguen desde hace años y dar la bienvenida a los nuevos, como siempre.

También quiero agradecer el apoyo a mi editora, Elisa Mesa, y al resto del equipo en Harlequin.

Siempre me digo que esta, quizá, sea la última novela, pero luego llega otra. Nunca des tu carrera por terminada, está claro.